btb

Dies ist die Geschichte einer Ehe. Und einer großen Liebe. Es geht um eine Frau und einen Mann, die sich ein Leben teilen, es ist ein gutes. Sie führen eine moderne Beziehung. Sie sind glücklich miteinander. Jedenfalls für lange Zeit. Dann plötzlich bricht alles auseinander. Warum? Was ist geschehen? Der Mann in diesem Roman sucht Antworten. Was muss passieren, dass zwei, die einander liebten, nicht mehr miteinander reden, leben, schlafen können? Was ist schiefgelaufen, vor allem aber: Wie hat sie es, die Frau, gesehen?

GEIR GULLIKSEN (geb. 1963) ist eine der herausragenden Persönlichkeiten des Literaturlebens in Norwegen. Als Verleger und Lektor war er u. a. verantwortlich für die Entdeckung so wichtiger skandinavischer Autoren wie Karl Ove Knausgård oder Linn Ullmann. Bekannt wurde er zunächst als Lyriker und Essayist; Romane, Theaterstücke und Kinderbücher folgten. 2014 erhielt er den Aschehoug-Preis für sein Gesamtwerk. »Geschichte einer Ehe« stand auf der Shortlist des Nordischen Literaturpreises.

Geir Gulliksen

# Geschichte einer Ehe

Roman

*Aus dem Norwegischen*
*von Ursel Allenstein*

btb

Die norwegische Originalausgabe erschien 2015 unter dem Titel
»Historie om et ekteskap« im Verlag Aschehoug, Oslo.



Die Übersetzung wurde von NORLA, Oslo, gefördert.
Der Verlag bedankt sich dafür.

NORLA
NORWEGIAN LITERATURE ABROAD

MIX
Papier | Fördert
gute Waldnutzung
FSC® C014496

Penguin Random House Verlagsgruppe FSC® N001967

1. Auflage
Taschenbuchausgabe August 2023

Covergestaltung: Semper Smile nach einem Entwurf von Terese Moe Leiner
Satz: Uhl + Massopust, Aalen
Druck und Einband: GGP Media GmbH, Pößneck
mn · Herstellung: sc
Printed in Germany
ISBN 978-3-442-71618-0

www.btb-verlag.de
www.facebook.com/penguinbuecher

*sometimes I think this whole world*
*is one big prison yard*
*some of us are prisoners*
*the rest of us are guards*

# 1

»Bitte erzähl von uns.«

»Von uns?«

»Erzähl es mir so, als wüsste ich nichts.«

»Wir waren ein Paar.«

»Ja. Und was noch?«

»Wir waren Frau und Mann. Wir hatten geheiratet.«

»Und außerdem?«

»Wir waren Mutter und Vater. Wir hatten gemeinsame Kinder.«

»Nicht das. Erzähl von uns beiden. Was ist mit uns passiert?«

»Wir haben zusammengelebt.«

»Haben wir aufeinander aufgepasst?«

»Wie meinst du das? Doch, das haben wir.«

»Aber dann, eines Tages.«

»Aber dann, eines Tages? Willst du, dass ich davon erzähle?«

»Ich muss hören, was mit uns passiert ist. Ich verstehe es nicht.«

»Mir ist es auch nicht ganz klar.«

»Kannst du mir trotzdem davon erzählen?«

»Ich glaube, das schaffe ich nicht. Nein, ich will nicht, ich kann nicht.«

»Willst du, dass ich es stattdessen erzähle? Dann tue ich das.«

# 2

Ich muss mir vorstellen, wie es für sie war, in diesem Herbst, an einem der Tage, bevor alles geschah. Sie stand mitten im Leben, trat unbefangen in alle Räume und Situationen. Die anderen Körper umgaben sie wie ein freundlicher Wald, sie bewegte sich unbeschwert zwischen allen, kam mit jedem ins Gespräch. Sie hatte seit jeher langes Haar gehabt, doch nachdem wir zusammengekommen waren, hatte sie es kurz schneiden und dunkler färben lassen. Jede Nacht schlief sie auf der Seite, mit einer Hand unter ihrer Wange. Ich lag hinter ihr, wir schliefen nackt, ich hatte die Arme um sie gelegt, sie spürte meine warme Vorderseite an ihrem Rücken. Nachts gab es nur uns beide, morgens wachte jeder auf seiner eigenen Betthälfte auf. Sie wurde von mir oder den Kindern geweckt. Die Zimmer waren hell, die Stimmen mild. Lange gibt es keine andere Möglichkeit, sich daran zu erinnern, als an ein unverhofftes, unverdientes Glück.

Meist saßen wir um einen ovalen Tisch, dänisches Design, aus Stahl und weißem Kunststoff. Er war viel zu teuer für uns, als wir ihn eines Samstags kauften, aber wir gewöhnten uns daran, unsere Schulden stiegen, und wir scherten uns nicht darum. Wir saßen morgens und abends an diesem Tisch, die Kinder machten ihre Hausaufgaben daran. Später war er dann viel zu groß, als sie ihn übernahm, denn die neue Küche, in die sie ihn stellte, war kleiner. Am Ende verkaufte sie ihn, und jetzt steht er bei anderen Leuten: Der Tisch hat ein neues Leben, wie alles andere, was wir früher einmal teilten.

Sie radelte unter hellen Baumkronen entlang. Sie atmete mit offenem Mund. Sie nahm jedes Mal die Treppe, wenn sie in die oberen Stockwerke musste, und das musste sie oft. Sie benutzte nie den Aufzug, sie mochte keinen Stillstand. An diesem Vormittag hielt sie einen Vortrag in einer der kommunalen Abteilungen. Es lief gut, sie spürte, dass die Zuhörer bei ihr waren (ihre Gesichter: Sie streckten sich ihr entgegen wie grüne Gewächse dem Licht). Anschließend wollte der Leiter der Kommunikationsabteilung sie gleich wieder einladen. Sie vereinbarten, diesbezüglich zu mailen, und im Anschluss kamen mehrere Mitarbeiter zu ihr und dankten ihr für den Vortrag. Und dann, als sie gerade hinausgehen wollte, war da ein Mann, der sie innehalten ließ, sie verstand nicht genau, warum. Sie blieb stehen und wartete auf ihn, er bahnte sich einen Weg durch die Versammlung, während er sie ansah, ihren Blick festhielt. Diese Augen, irgendetwas war mit ihnen, sanft und doch forsch, selbstsicher und suchend, sie wusste es nicht genau. Selbst als alles vorbei war, wusste sie nicht, was es gewesen war, sie konnte es sich selbst nicht erklären und mir schon gar nicht.

Er war groß und schwer zu übersehen, aber nicht nur, weil er groß war. Sein Gesicht war länglich, die Augen ein wenig schräg, er hatte kleine Narben, vielleicht hatte er als Jugendlicher Akne gehabt. Er sah nicht gut aus, diese Feststellung muss selbst mir erlaubt sein, auch wenn ich wohl kaum ein objektiver Betrachter bin. Aber es lag etwas Verlockendes, Ungreifbares in seinem Blick, oder in seinem Lächeln, oder darin, wie er den Kopf schüttelte. Sie blieb stehen und wartete darauf, dass er zu ihr kam, und er lächelte, während er sich näherte, sich zielstrebig zwischen den anderen hindurchschob, die gerade den Raum verließen. Ihr wurde warm, sie wusste nicht, warum. Kurz darauf standen sie sich gegenüber und sahen sich an, und sie hoffte, ihr Gesicht würde eine amüsierte Erwartung ausdrücken: Was wollte er ihr sagen? Ihr Gesicht sollte ihm erzählen, dass er sie aufhielt und sie nicht wusste, was er von ihr wollte, dass sie sich dem, was auch immer es war, aber mit nüchternem Wohlwollen stellen würde. Er fing an zu reden. Über die Öffentliche Gesundheit, genau das, was sie am meisten interessierte. Er sagte etwas, was sie selbst hätte sagen können, aber er formulierte es ein bisschen besser, fand sie. Wobei, im Grunde wirkte das, was er sagte, auch leicht verzerrt, als würde er sich anstrengen, ihre Perspektive einzunehmen, und könnte es nicht, weil es ihm nicht gelang, die eigene aufzugeben. Letzteres ist eine Überinterpretation, das muss mir keiner sagen, ich weiß es ja selbst. Ganz im Gegenteil: Sie empfand seine Meinung als bereichernd, befreiend. Er begleitete sie hinaus, alle Treppen hinunter. Sie ging zu ihrem Rad, und sie redeten weiter, während sie es aufschloss und sich zum Aufbruch bereitmachte.

Anschließend fuhr sie gemächlich durch die Straßen, sie wollte ins Büro, nahm sich jedoch viel Zeit. An diesem Vormittag schien sich ihr alles zeigen zu wollen, die Linden oder der Ahorn, es kümmerte sie nicht, welche Bäume es waren, frisches Laub, das sich im ansonsten kaum merklichen Wind regte, eine Elster, die fröhlich mit dem Schwanz wippte. Sie gefiel sich. Sie und ihr Leben gefielen ihr. Alles, was lebendig war, öffnete sich ihr, wohin sie auch kam.

Sie fürchtete nichts.

Einst war sie ein junges Mädchen gewesen, jetzt war sie eine erwachsene Frau geworden. Sie hatte mich mit fünfundzwanzig Jahren kennengelernt, das war inzwischen lange her, und ich war einige wenige Jahre älter als sie.

Ich nannte sie Timmy. Sie hieß anders, hatte einen normalen Mädchennamen, der ihr selbst nicht besonders gefiel. Und eines Abends, in einem der ersten Monate, nachdem wir zusammengekommen waren, lagen wir in ihrer alten Wohnung im Bett und schauten im Fernsehen

Timmy, den Grashüpfer. Eigentlich sahen wir gar nicht richtig hin, wie hatten mehrere Stunden im Bett verbracht und waren nur kurz aufgestanden, um etwas zu essen, wir waren so lange miteinander beschäftigt gewesen, damit, was unsere Körper zusammen zustande brachten, und jetzt brauchten wir eine Pause. Wir tranken Wasser, ich zappte durch die Kanäle, an dem alten Disney-Film vorbei, und sie bat mich, wieder dorthin zurückzuschalten. Wir sahen ein Stück davon und waren beide gerührt, aber nur ich weinte. Ich hatte ein kleines Kind, das ich an diesem Tag nicht sah, und auch den Rest der Woche nicht, weil ich lieber hier war, mit ihr zusammen im Bett. Sie verstand, dass das der Grund dafür war, warum ich weinte, aber sie tat so, als würde sie glauben, ich wäre vom Film gerührt, und anschließend erzählte sie mir, dass sie Timmy immer lieber gemocht hatte als Pinocchio, lieber als Ahörnchen und Bhörnchen und sogar lieber als Dumbo. Sie hatte sich mit Timmy identifiziert, weil er immer versuchte, aus allem das Beste zu machen, er nahm seinen Regenschirm und ging, und er sang so aufrichtig und hoffnungsfroh, selbst wenn es um ihn herum dunkel wurde und er nicht mehr wusste, wo er war.

»Das bist ja du«, sagte ich. »Du bist Timmy. Du bist diejenige, die alles richtig macht und nie aufgibt, bis sie geschafft hat, was sie erreichen will.«

Ich bewunderte sie schon damals, es war meine Art, sie zu lieben. Das verstand sie aber erst später und war lange damit überfordert, wie großartig sie in meinen Augen wirkte. Sie antwortete, als Grashüpfer habe sie sich selbst nie gesehen, und ich erwiderte flirtend, dass es mir gefalle, wie sie ihre Hinterbeine an meine reibe. Das war so daher gesagt, nicht einmal lustig, und sie sah, dass ich es bereute, dass es mir peinlich war, dass ich es nicht gewohnt war, so zu reden. Sie machte mich freier, als ich es je gewesen war, das verstand sie, und war deswegen gerührt oder verliebt, falls es dazwischen überhaupt einen Unterschied gibt. Nach diesem Abend fing ich an, sie Timmy zu nennen. Es setzte sich durch, wurde mehr als ein Kosename, es wurde ihr Name, sie nannte sich selbst so. Viele unserer Freunde nannten sie mit der Zeit ebenfalls Timmy, und später auch ihre Kollegen, als sie anfing zu arbeiten.

Sie saß in ihrem Büro vor dem Licht des Bildschirms. Sie ging ihren Bericht durch, hatte lange daran gearbeitet, und heute ging es leichter. Konzentriert saß sie da, ohne sich ablenken zu lassen, weder von ihren Mails noch von den Nachrichten im Internet. Durchs Fenster konnte sie auf den Spielplatz eines Kindergartens hinunterschauen. Sie sah die Kinder, die im Sandkasten spielten, dachte aber weiter an ihren Bericht. Bei einigen Tabellen war sie sich unsicher, die Zahlen stimmten nicht überein. Sie streifte unter dem Tisch die Schuhe ab und rieb ihre schmerzenden Füße aneinander. Sie strich sich mit der Hand über den Nacken, es sah aus wie eine Liebkosung. Die andere Hand schob sie unter ihr Oberteil, berührte ihren Bauch, ließ die Finger zum BH hinaufgleiten und nestelte an dem einen Träger herum.

Das Telefon klingelte, sie musste ihre Hand befreien, um dranzugehen. Es war ein Kollege, der bei seinem kranken Kind zu Hause geblieben war und sie darum bat, ihm ein Dokument zu schicken. Sie suchte es im Netzwerk und schickte es ihm. Dann fuhr sie mit dem fort, wobei er sie unterbrochen hatte. Sie dachte an das Abendessen, an mich. An die Öffentliche Gesundheit, ans Radfahren, ob es am Wochenende trocken genug wäre im Wald. Sie wollte allein radeln oder zusammen mit den Kindern. Am liebsten allein, sie wollte schnell sein, an ihre Grenzen kommen. Sie dachte daran, dass es erst Dienstag war. Sie sah auf die Uhr. Eine Stunde lang hatte sie konzentriert gearbeitet. Sie überlegte kurz, ob sie auf die Toilette gehen sollte, beschloss jedoch, ohne Unterbrechung bis zur Mittagspause weiterzumachen. Erst wollte sie Kjersti bitten, Teile des Berichts durchzugehen, dann entschied sie sich dagegen, wollte es am liebsten allein schaffen. Sie war ehrgeizig, hatte Angst, man könnte sie für schwach und fehlbar halten. Auf dem Bildschirm sah sie einen Schatten vorbeihuschen. Vor dem Fenster flatterte eine dicke Krähe vorüber und steuerte den Baum neben dem Kindergarten an. Der Vogel landete auf einem dünnen Ast, blieb sitzen und wippte. Ja, sie würde warten, ehe sie mit Kjersti sprach. Ein bisschen wollte sie es noch allein versuchen. Der Vogel wechselte auf einen dickeren Ast, spreizte das Gefieder und legte den Kopf schräg; er beobachtete ein paar Kinder, die klein waren, knapp zwei Jahre, und reglos mit ihren Schaufeln in der Hand im Sandkasten saßen. Sie richteten ihre Schaufeln auf den Sand, ohne darin zu graben, das hatten sie noch nicht gelernt.

Sie räkelte sich lange, streckte die Arme in die Luft. Ihr Oberteil rutschte nach oben und entblößte ihren Bauch, und sie dachte an den Mann, mit dem sie gesprochen hatte. Sie war sich ziemlich sicher, dass er mit ihr geflirtet hatte. Sie war freundlich und offen gewesen, ohne direkt darauf einzugehen, das musste er bemerkt haben. Es hatte ihr gefallen, mit ihm zu reden. Seine Hände hatten ihr gefallen. Sie stellte sich vor, wie sie ihre Oberschenkel berührten, ziemlich grobe Männerhände auf ihrer hellen, glatten Haut. Ihre Oberschenkel gefielen ihr, jetzt gefielen sie ihr, früher eher nicht, da waren sie so schmächtig und dünn gewesen, aber seit sie mit dem Laufen angefangen hatte, waren sie kräftiger geworden, muskulöser. Selbst wenn sie sich nicht bewegte, konnte sie die Muskeln an ihren Oberschenkelinnenseiten spüren. Sie dachte daran, dass sie mir heute Abend von dem Mann erzählen würde, mit dem sie nach dem Vortrag gesprochen hatte, das würde mir sicher auch gefallen. Und ihr gefiel, was zwischen uns geschah, wenn sie mir von anderen Männern erzählte, die sie angesehen hatte oder die sie angesehen hatten. Sie wusste, dass es mir gefiel, davon zu hören. Sie verstand nicht, warum, aber das war auch nicht wichtig, sie hatte nicht das Bedürfnis, alles zu problematisieren.

Sie stand auf und ging auf den Flur. Plötzlich merkte sie, dass sie immer noch barfuß war, und so kehrte sie zurück und schlüpfte in ihre Schuhe. Dann ging sie zu Kjersti, die ihr schon früher geholfen hatte. Ihre Tür stand offen, und das Büro war leer, aber der Bildschirm leuchtete noch. Sie beschloss, auf die Toilette zu gehen, vielleicht würde Kjersti ja in der Zwischenzeit zurückkommen. Auf dem Flur war es still, viele hatten heute Besprechungen außer Haus. Sie kam an der Rezeption vorbei und grüßte die Mitarbeiterin, die dort saß, eine Vertretung. Für einen Moment überlegte sie, ob sie eine Pause einlegen und mit ihr sprechen sollte, aber sie wollte ihre Konzentration nicht verlieren. In der Toilettenkabine gab es einen Spiegel, vor den sie sich stellte. Sie fühlte sich wohl, obwohl ihre Haare ein bisschen zu lang waren. Irgendetwas wollte sie damit machen. Sie wieder kürzer schneiden und färben lassen. Vielleicht sollte sie sich auch schminken. Ein bisschen Eyeliner könnte nicht schaden, ich würde es nicht mögen, mich aber nach einer Weile daran gewöhnen. Sie setzte sich, lauschte dem kräftigen Strahl, der auf das Wasser traf. Was für eine Freude. Die Freude, kräftig zu pinkeln, sich sorgfältig und sanft abzutrocknen, sich wieder anzuziehen, sich in die Kleidung zu stopfen wie ein Kind am Morgen und die Hände zu waschen. Die Hände zu waschen und an ihnen zu riechen, leicht parfümierte Seife und feuchte Haut.

Als sie die Toilette gerade wieder verlassen wollte, besann sie sich und ging zurück zum Spiegel. Sie studierte ihr Gesicht, während sie die Hand in die Hose schob. Es war zu eng, sie öffnete die Hose und zog sie herunter. Sie berührte sich selbst, führte zwei Finger hinab zu dem Glatten, das zum Inneren ihres Körpers gehörte. Es war schwierig, mit den Hosen in der Kniekehle heranzukommen, aber ihr gefiel auch das, dass es eng und schwierig war. Sie bewegte ihre Finger und betrachtete sich selbst im Spiegel. Eine leichte Röte auf den Wangen. Sie dachte über ihren Bericht nach. Sie dachte darüber nach, ob sie kommen könnte, während sie hier auf der Bürotoilette vor dem Spiegel stand und sich selbst berührte. Wahrscheinlich nicht. Höchstens, wenn irgendetwas Besonderes hinzukäme. Vereinzelte, undeutliche Bilder blitzten in ihrem Kopf auf und verblassten wieder, nackte Körper.

Könnte es so gewesen sein? Nein, das führt zu weit, all das geht auf mich zurück, ist mein Repertoire, mein rechthaberisches Register, nicht ihres. Also war es so: Sie ging rasch auf die Toilette, dachte nur an ihren Bericht, warf einen Blick auf ihr Gesicht im Spiegel, während sie sich die Hände wusch. Sie hatte gedacht, ihr Gesicht wäre irgendwie verändert, ohne zu wissen, warum. Draußen ging jemand auf dem Flur vorbei, sie blieb einen Moment stehen und wartete, bis die Schritte verhallt waren. Es wurde still.

Plötzlich wusste sie, was zu tun war, sah alles klar vor sich, schloss die Tür auf und ging hastig über den Flur. Kjerstis Büro war immer noch leer, aber das war egal, sie ging wieder an ihren Schreibtisch und arbeitete weiter, noch bevor sie sich hingesetzt hatte. Sie wollte den ganzen Bericht ausdrucken und noch einmal von Anfang an lesen. Die Prämissen waren schon von Beginn an unklar formuliert gewesen. Sie ging zum Drucker und hoffte, unterwegs niemandem zu begegnen. Der Flur war leer, der Drucker summte, die Blätter flogen ihr warm und freundlich direkt in die Hand. Sie bekam Lust, zu singen. Aber sie sang fast nie, seit die Kinder größer waren. Sie bekam Lust, schnell zu laufen, sah sich selbst eine lange, steile Treppe hinaufsprinten, und am Ende der Treppe war nichts. Sie rannte bis ganz nach oben, wollte aber nicht umkehren, es war wie ein Bild aus einem Film, einem Traum, aus einem Film, der einem Traum ähneln wollte. Der Flur war lang und leer, das Geräusch von Schritten verfolgte sie, und sie warf einen Blick zurück, um sich zu vergewissern, dass sie allein war. Mit dem Blätterstapel setzte sie sich ins Büro. Sie streifte die Schuhe wieder ab, rollte mit dem Stuhl zurück und legte die Füße auf den Tisch. Ihre Füße waren groß, das gefiel ihr, es gefiel ihr, barfuß zu gehen, dazusitzen und die Zehen zu spreizen.

Sie hatte Hunger, dabei war es noch eine Stunde bis zur Mittagspause, sie aß einen Apfel, nagte sich bis zum Kerngehäuse durch und legte es auf die Fensterbank. Dort lagen schon zwei weitere verschrumpelte Gehäuse, zu Hause hätte sie so etwas nie gemacht, aber hier gefiel es ihr. Diese Unordnung erlaubte sie sich, sie befreite sich von meinem Anspruch, wie sauber es auf Tischen und Bänken zu sein hatte. Auf dem Flur waren Stimmen zu hören, die Kollegen, die anderswo Besprechungen gehabt hatten, kehrten zurück. Sie lauschte den Schritten, dem geschäftigen Rascheln von Jacken und Taschen, den Gesprächsfetzen im Flur, sie erkannte jede einzelne Stimme.

Sie schwang die Füße auf den Boden und rollte mit dem Stuhl näher an den Bildschirm heran. Nachdem sie das Dokument wieder geöffnet hatte, gab sie die Korrekturen ein, die sie handschriftlich auf dem Papier gemacht hatte. Sie widerstand dem Bedürfnis, diejenigen zu begrüßen, die gerade vorbeigingen, sie wollte jetzt nicht reden. Sie setzte sich so, dass die anderen sahen, dass sie arbeitete. Sie konzentrierte sich darauf, konzentriert auszusehen, und verlor dabei die Konzentration. Am liebsten hätte sie aufgegeben. Am liebsten wäre sie an die frische Luft gegangen. Am liebsten hätte sie den Namen des Mannes gegoogelt, mit dem sie vor kurzem gesprochen hatte. Sie stand auf, ging in den Flur und in Kjerstis Büro, die jedoch immer noch nicht da war. Ihr fiel ein, dass Kjersti etwas von einem Arzttermin erzählt hatte. Sie lief wieder zurück, sie hatte beschlossen, sich selbst eine Pause zu gönnen, und als erstes las sie ihre neuen Nachrichten. Nein, sie sagte nicht Nachrichten, sie sagte Mails, wie alle anderen auch, nur ich sagte immer Nachricht, ich wollte, dass sie auch Nachricht sagte, aber sie brachte es nicht über sich. Alle sagten Mails, warum sollte sie es nicht auch tun? Sie glaubte an die pragmatischste Lösung, wohingegen ich die Ausnahme wählen musste. Also las sie ihre Mails, es waren nur wenige neue gekommen, darunter auch eine Nachricht von mir.

Ich schrieb, dass ich an sie dachte, daran dachte, was wir vor ein paar Stunden gemacht hatten. Sie hatte es schon wieder vergessen, aber jetzt sah sie es vor sich, sie auf allen vieren, ich hatte sie hart genommen, so wie es ihr gefiel. Ich hatte sie an den Hüften gepackt, und kurz darauf hatte sie meine Hand in ihrem Nacken gespürt, die ihr Gesicht aufs Kissen presste. Sie erinnerte sich an ihre Stimme, wie sie ins Kissen geschrien hatte. Ihr gefiel es, sich selbst schreien zu hören. Ich nahm sie, sie ließ sich nehmen, sie schrie. Ihr gefiel der Gedanke: genommen zu werden. Kurz davor hatten wir uns selbst im Spiegel angesehen, die beiden Körper, einer auf dem anderen, der eine, der etwas mit dem anderen machte, der andere, der etwas mit sich machen ließ. Sie spürte es in ihrem Unterleib, wenn sie daran dachte, ein dumpfes Brennen.

Sie antwortete mir kurz und zärtlich, im selben Ton, wie ich ihr geschrieben hatte. So schrieben wir einander meistens. Sie blickte auf den Spielplatz, eine der kleinen Gestalten drehte sich zu ihr um, sah kurz zum Himmel hoch, sie war sich nicht sicher, aber sie hatte das Gefühl, der Blick würde ihr Fenster suchen. Ich hatte gesagt, dass ich mir noch mehr Kinder vorstellen könne. Sie wollte es nicht, auf keinen Fall, das sei eine Phase, die sie längst hinter sich gelassen hatte. Wir hatten zwei Kinder und außerdem meine Tochter aus erster Ehe, das musste reichen. Sie wollte mehr arbeiten. Sie wollte mehr Sport machen, wollte laufen und radeln und das Klettern erlernen. Sie wollte alles ausschöpfen, was sich den Menschen bietet, wenn sie erwachsen sind und sich nicht mehr um kleine Kinder kümmern müssen.

Die anderen Mails waren eine Einladung zu einer Besprechung im Haus und mehrere Diskussionsbeiträge zum Internetauftritt des Gesundheitsamtes. Sie überlegte kurz, auf den letzten Beitrag zu antworten, dann aber löschte sie die Mail stattdessen einfach. Die Freude, sich kleiner Probleme zu entledigen. Sie schickte Kjersti eine Mail und fragte sie scherzhaft und unbekümmert, in dem unverbindlichen Ton, den sie immer miteinander pflegten, ob sie so nett sein und ihr dabei helfe könne, die Tabellen in ihrem Bericht mit ihr durchzugehen. Inzwischen arbeitete sie schon so lange daran, dass er eine eigene Persönlichkeit angenommen hatte. Ein schwieriger Charakter, der sich nicht so entwickelte, wie sie es sich wünschte, der immer nur Probleme machte. Sie hatte schon so viel davon geredet, dass ich mich oft nach seinem Zustand erkundigte: *Alles in Ordnung mit dem Bericht?*

Wir redeten über Berufliches, sogar oft, besonders über ihren Beruf. Sie hatte sich daran gewöhnt, alles mit mir zu teilen. Oder fast alles: Konflikte und Verhandlungen, kleine Ärgernisse, aber auch das, was sie interessant oder witzig oder ermutigend fand. Sie ging ihren Weg, und sie wusste es, sie wollte eine sein, die ihren Weg ging, es fiel ihr nicht schwer.

Anschließend las sie die neusten Nachrichten im Internet, vertiefte sich leicht und nebenher in alles, was gerade auftauchte. Dann kam eine neue Mail, sie öffnete sie, erkannte den Namen des Absenders nicht sofort, nicht ehe sie zu lesen begann. Er bedankte sich bei ihr, schrieb freundlich und warmherzig über ihren Vortrag, sie erkannte seine Stimme darin wieder, sein Wohlwollen, sein Interesse, seinen Charme oder was es auch war. Eine Art Charme auf Bewährung, denn in allem, was er schrieb, in all dem Lobenden und Positiven, spürte sie auch etwas anderes: Er war nicht leicht zu haben. Sie nahm einen leichten Widerstand wahr, eine gewisse Gegenwehr in diesem Auftakt. Und das reizte sie. Vielleicht war er aber auch einfach nur von sich selbst eingenommen, denn im Grunde schrieb er nur, was er selbst dachte, und schien davon auszugehen, dass es auch für sie interessant wäre. Außerdem schrieb er noch, sie könnten vielleicht eine Zusammenarbeit eingehen, in seiner Abteilung sei gerade ein neues Projekt in Planung, bei dem er sie gern dabeihätte. Wider Willen war sie auch davon ein wenig geschmeichelt, obwohl sie weder Zeit für zusätzliche Projekte hatte noch Lust darauf. Am Ende schrieb er, dass sie, *by the way,* ganz in der Nähe voneinander wohnen würden. Er habe sie hinter dem Rednerpult wiedererkannt, aber nicht gleich gewusst, woher. Offenbar daher, dass sie fast Nachbarn seien. Ob sie zufällig auch joggen gehe? Er sei sich fast sicher, dass es so sein müsse. Er sei sich ziemlich sicher, dass er sie beim Joggen gesehen habe.

Also hatte er recherchiert, wo sie wohnte, so wie sie es auch bei ihm überlegt hatte. Und er hatte ihre Adresse herausgefunden, aber nicht allein das. Er musste sie auch vorher schon einmal gesehen haben, er hatte sie beim Laufen gesehen. Oder hatte er ihrem Körper angesehen, dass sie eine Läuferin war?

Er schrieb »joggen«, wer benutzte dieses Wort eigentlich noch? Es war ein richtiges Neunzigerjahrewort, oder Achtziger, ein bisschen peinlich. Sie musste an seine Brille mit den selbsttönenden Gläsern denken. Jetzt gab sie seinen Namen ins Suchfenster ein und war überrascht, dass er älter war, als sie gedacht hatte. Er wohnte tatsächlich nicht weit von ihr, sie kannte das Haus genau, war schon oft daran vorbeigelaufen. Sie versuchte sich zu erinnern, ob sie ihn schon einmal gesehen hatte. Als sie seine Fotos im Internet betrachtete, erkannte sie etwas von dem wieder, was sie beeindruckt hatte. Er wirkte verletzlich. Selbstbewusst, aber mit einem Knacks. Sie fand noch mehr Bilder, eins von der Internetseite des Ministeriums, ein anderes von einem Interview in einer Fachzeitschrift. Und dann einige Fotos auf der Homepage eines Sportvereins.

Er war Skilehrer.

Sie saß vor dem Computer, starrte in die Luft und dachte, das wäre sie auch gern.

Plötzlich stand Kjersti hinter ihr, und sie fuhr zusammen.

»Was für ein Gesicht!«

Sie hätte die Seite am liebsten sofort weggeklickt, aber das wäre zu auffällig gewesen, als hätte sie Geheimnisse. Stattdessen drehte sie sich mit dem Stuhl herum und sah Kjersti an, lenkte ihren Blick auf sich, damit sie nicht länger auf den Bildschirm schaute.

»Du jagst mir einen Schrecken ein, wenn du dich so anschleichst.«

»Martin behauptet, ich würde trampeln wie ein Pferd.«

»Er kennt dich ja auch besser.«

»Da bin ich mir nicht so sicher. Es liegt wohl eher daran, dass wir so viele Treppen im Haus haben. Er sagt auch, ich würde prusten wie ein Wal.«

»Er liebt dich sicher trotzdem.«

»Nein, um ehrlich zu sein, glaube ich das nicht. Er harrt einfach nur aus und wartet darauf, dass mir irgendetwas zustößt. Jedes Mal, wenn ich zum Arzt gehe, hofft er, dass ich etwas Ernstes habe. Eitel, wie er ist, wäre er lieber Witwer, als sich scheiden zu lassen. Aber du hast einen Mann, der dich liebt, das sieht jeder. Und trotzdem guckst du dir den da an?«

»Er will mich für ein Projekt gewinnen, unter der Leitung der Abteilung für Gesundheit und Soziales.«

»Ein *Projekt.* Muss neuerdings alles so heißen?«

»Es ist völlig harmlos. Rein berufliches Interesse.«

»Und das glaubst du wirklich?«

»Kjersti, ich brauche deine Hilfe.«

»Ist es der Bericht, der dich so quält?«

»Ich glaube, die Tabellen sind fehlerhaft.«

»Kannst du sie nicht einfach an denjenigen zurückschicken, der sie erstellt hat?«

»Ich bin doch für den Bericht verantwortlich. Und ich frage mich, ob nicht schon die Prämissen falsch sind.«

»Dann zeig mir deine Fehler.«

Kjersti zog sich den Besucherstuhl vor den Bildschirm und setzte sich neben sie. So saßen sie oft nebeneinander und arbeiteten. Zu Hause erzählte sie mir von Kjersti, von ihrem Segelboot, ihrer Ehe, ihren schlechten Witzen, ihrer Gewissenhaftigkeit, wie sie sich in Details verbiss. Und Kjersti erzählte sie von mir. So musste es sein, ich weiß nicht, was genau, aber ich bildete mir ein, sie würde von ihrer glücklichen Ehe erzählen. Und so war es sicher auch. Wir waren stolz auf unsere Ehe, sie genauso sehr wie ich, wie wenn man ein Kind bekommen hat und es im Wagen durch die Gegend schiebt und sich der ganzen Welt präsentiert, als hätte kein anderer je ein solches Glück erlebt.

Sie klickte die Seiten zu, auf denen sie gewesen war, schloss auch das Mailprogramm und öffnete erneut den Bericht. Für den Rest des Tages saß sie mit Kjersti zusammen und arbeitete. Anschließend fuhr sie nach Hause, etwas später als geplant, aber sie wusste, ich wäre ohnehin da. Trotzdem schrieb sie eine Nachricht, in der sie mir mitteilte, dass sie unterwegs war.

Und dass sie mich liebte. Das muss sie geschrieben haben, hatten wir uns das nicht normalerweise geschrieben? Sie kann sich nicht mehr genau daran erinnern. Diejenige, die mit mir zusammen war, gibt es nicht mehr. Denjenigen, der mit ihr zusammen war, auch nicht. Einst gab es uns, wir lebten zusammen, und jetzt ist dieses Leben vorbei, und sie hat schon vergessen, wer wir waren. Sie ist außer Reichweite dessen, was geschah, und ich bin es auch. Und keiner kann mehr wissen, wie sie und ich normalerweise miteinander sprachen. Wer war sie mit mir zusammen? Sie erinnert sich an meinen Blick auf sie. Immer, wenn sie durchs Zimmer ging, saß ich da und sah sie an. Manchmal kam es auch vor, dass sie dasaß und mich ansah, aber nicht so lange und nicht so oft. Aber sie konnte sich erinnern, dass sich unsere Blicke trafen, ohne dass etwas passieren musste, ohne dass wir etwas sagen mussten. Was sagten unsere Blicke? Dass wir glücklich miteinander waren, mit unserem Leben, dass alles gut gegangen war? Wir hatten uns gefunden, wir hatten ein Leben aufgebaut, und ihr gefiel es, wer sie mit mir zusammen war.

Sie hatte mich mit einer vertrauten, schrecklichen Zärtlichkeit angesehen. Für mich war sie gar nicht so schrecklich, und auch für sie nicht, nicht damals. Erst später würde sie diese Zärtlichkeit als etwas betrachten, das wir lediglich austauschten, untereinander auswechselten, mit dem wir die Nähe des anderen bezahlten.

Dort war er gewesen, in diesen Zimmern, er, der ihr

Mann war, er, der ihr normalerweise mit dem Blick folgte, wenn sie durchs Zimmer ging. Jetzt erinnert sie sich nicht mehr an mein Gesicht, kann es sich nicht mehr ins Gedächtnis rufen, es sei denn, wir begegnen uns zufällig. Sie kann sich nicht mehr daran erinnern, wie mein Gesicht ihr folgte, wie zugewandt und offen ich war. Sie weiß, dass es so gewesen sein muss, dass sie angesehen worden ist, wohlwollend, vollkommen offen, bewundernd, verliebt. Aber sie erinnert sich nicht mehr, wie es war, vor diesem Blick zu leben, vor diesem Gesicht.

Sie radelte im Nachmittagsverkehr nach Hause. Normalerweise fuhr sie so schnell, wie sie konnte, für den Trainingseffekt und weil sie es nicht ertragen konnte, überholt zu werden, aber auch, weil sie sich freute, nach Hause zu kommen. Heute allerdings nicht. Sie betrachtete ihre Hände auf dem Lenker, ihre Füße auf den Pedalen, den fleckigen Asphalt unter den Reifen. Sie hatte es nicht eilig. Sie kam nach Hause, stieg vom Rad, schob es durchs Tor und schloss es an, ging ganz langsam über den Kies. Etwas hielt sie zurück. Die Fahrradtasche in ihrer Hand war voller Dokumente, sie hatte einen Ausdruck mitgenommen und wollte ihn heute Abend noch einmal durchsehen, um alles, was sie zusammen mit Kjersti herausgefunden hatte, bis zum nächsten Tag präsent zu haben. Sie kam am Küchenfenster vorbei und sah mich dort drinnen stehen, an der Arbeitsfläche. Sie hörte, dass unsere Kinder auch da waren, weiter hinten im Zimmer.

Sie roch, dass das Abendessen fertig war, im Radio lief Musik, Türen und Fenster standen offen.

Etwas hielt sie zurück, aber sie verdrängte es. Sie kann sich nicht erinnern, was sie an dem Tag anhatte. Sie kann sich nicht erinnern, ob sie ein Kleid trug, ein kurzärmeliges Kleid, weil bald Sommer war, oder das dünne Kleid mit den roten und den grünen Punkten. Oder das dunkle Jeanskleid, das ich ihr gekauft hatte. Oder das Kleid, das oben grün und unten rot war, mit einem Kragen und einem dünnen Gürtel. Oder das einfarbige rote Kleid, das einen etwas zu weiten Ausschnitt hatte, aber das hätte sie wahrscheinlich nicht zu einem Vortrag angezogen? Sie hatte wohl ein Kostüm getragen, vielleicht das helle mit dem knielangen Rock, und eine Bluse. Eine ihrer weißen Blusen oder die braune Bluse, die goldbraune, mit Stickereien am Kragen, die etwas zu eng war, der Stoff spannte zwischen den Knöpfen, und ihre helle Haut kam zum Vorschein. Sie dachte oft, dass die Bluse etwas grenzwertig war, zog sie an manchen Tagen aber trotzdem an. Sie hätte auch eine Hose und ein T-Shirt tragen können, die helle Leinenhose und ein lila Shirt, das mit dem Blumendruck. Sie kaufte teurere Kleidung als früher und wusste genau, in welchen Läden sie welches Stück erstanden hatte, jedes einzelne, und ob sie es selbst gekauft oder von mir bekommen hatte, aber in diesem Moment dachte sie nicht daran. Sie hätte auch ein anderes Kleid tragen können, das helle, kurzärmelige, das oben wie ein Hemd aussah, das mit dem steifen Kragen, das unten Falten hatte und an den Knien ziemlich weit ausgestellt war, wie ein Rock. Der Vorteil an diesem Kleid war, dass es so gut zu der grauen Jacke passte, die sie gern anzog, und die Kjersti als Büro- und Karrierejacke bezeichnete.

Aber genug davon.

Sie kam nach Hause, ging zu mir und den Kindern hinein, wir hatten auf sie gewartet, wie wir es öfter taten. Allen gefiel es am besten, wenn sie zu Hause war, wir freuten uns, sie zu sehen. Ich stand an der Arbeitsfläche, ich drehte mich zu ihr um, sie konnte sehen, wie es mich weichmachte, sie zu sehen, wie berührt ich war, benebelt von Zärtlichkeit. Ich ging auf sie zu und legte die Arme um sie, sie erwiderte meine Umarmung, ganz leicht, und sie spürte nichts als Leichtigkeit, ein kribbelndes Wohlbehagen. Diese aufmerksame Hingabe, mit der sie empfangen wurde, mussten viele andere entbehren, viele hätten sie sich gewünscht. Sie hatte so lange mit dieser Zärtlichkeit und Fürsorge gelebt, dass es selbstverständlich für sie geworden war, vielleicht war sie zu verwöhnt, hätte manch einer gesagt, vielleicht wurde es ihr allmählich zu viel. Sie war dabei, sich weiterzubewegen, hinaus aus der Welt, die ich und sie teilten, hinein in etwas anderes. Aber sie wusste noch nicht, dass ich sie nicht mehr erreichen konnte. *What a waste,* sie würde es einfach wegwerfen, das alles.

Da waren wir, in diesen Räumen. Unsere Stimmen waren hörbar, unsere Körper saßen auf Stühlen, lagen in Betten, Hände streckten sich aus und berührten elektrische Felder, trugen Telefone und Tassen und Teller. Sie döste auf dem Sofa, ich las, einer von uns half dem Jüngeren bei den Hausaufgaben. Sie sah fern oder blätterte in ihren Papieren, wir saßen nebeneinander auf dem Sofa und unterhielten uns mit klaren, ehrlichen Stimmen. Sie erzählte von ihrem Job, von irgendeiner Auseinandersetzung in der Führungsebene. Und dann erzählte sie von ihm, dem Mann, den sie kennengelernt hatte. Ich fragte, sie antwortete, die Stimmung war ausgelassen, ich musste wegen etwas lachen, was sie über ihn sagte, dass er Hemd und Krawatte trug, eine breite, großgemusterte Krawatte, und sie erzählte es humorvoll, ohne ihn schlechtzumachen. Als sie es sagte, verstand sie selbst, dass sie ihn mir auf charmante Weise vorstellte, geradezu fesselnd – es war fesselnd, dass sie vorher nichts von ihm gewusst hatte und es ihn jetzt plötzlich gab, ganz in unserer Nähe, mit seiner breiten Krawatte und seinem weißen Hemd, und dass er an ihr interessiert war.

Kurz darauf ging sie in ein anderes Zimmer und telefonierte, ihre Schwester hatte angerufen. Sie wurde von unserem jüngeren Sohn unterbrochen, sie rief mich, meinen Namen, so wie sie ihn immer aussprach. Dann sagte sie *Frag Papa* und nahm das Gespräch mit ihrer Schwester wieder auf. Es war etwas geschehen, die Schwester würde sich scheiden lassen. Das ging uns nahe, und wir hätten uns davon bedroht fühlen können, aber so war es nicht, wir waren noch nicht an diesen Punkt gekommen, wir glaubten uns sicher in unserem eigenen Leben. Inzwischen war die Küche aufgeräumt, und während die Dunkelheit hereinbrach, waren nach und nach die Lampen eingeschaltet worden. Und bald würden sie wieder ausgeschaltet, eine nach der anderen.

Wir machten uns bettfertig, standen zusammen im Bad und putzen uns die Zähne, sie legte mir die Hand auf die Schulter, wie eine freundschaftliche Geste, und lächelte mich im Spiegel an. Wir lagen nackt im Bett. Sie drehte sich zu mir, ich drehte mich zu ihr. Eine Hand auf einem Oberschenkel, eine Wange auf einer Schulter, eine Hand auf dem Nacken, Finger durchs Haar. Der Mund öffnet sich dem anderen Mund, einer legt sich auf den anderen, einer von uns schrie, kurz darauf schrie auch der andere. Es klang, als würden unsere Stimmen in dem kleinen Zimmer über die Einsamkeit triumphieren. Und dennoch, wenn sie später an diese Stimmen zurückdachte, die in der Dunkelheit zur Decke schrien, wirkten sie klagend, suchend, einsam. Als hätten wir unsere Not hinausgeschrien, jeder von uns.

Am nächsten Tag schlüpft sie in ihre Laufschuhe, bindet die Schnürsenkel, ruft mir oder den Kindern zu, dass sie eine Stunde unterwegs sein wird. Und dann schließt sie die Tür hinter sich. Es kann nicht der nächste Tag gewesen sein, zwischendurch müssen ein paar Tage vergangen sein, aber diese Tage sind für sie verschwunden. So wie der Großteil unseres gemeinsamen Lebens: verschwunden, sie erinnert sich nicht mehr daran. Das einzige aus dieser Zeit, woran sie sich erinnert, ist die erste Begegnung mit ihm, die zweite, die dritte. Und dann erinnert sie sich, wie alles um sie herum zusammenbrach.

Es war Nachmittag, die Sonne stand tief, sie hatte ihre Laufsachen angezogen und ging über den Kies, voller Erwartung, wie sie es oft tat. Sie hatte immer darauf gewartet, dass etwas Gutes eintrat. Und bisher hatte sie immer Glück gehabt. Sie schloss das Tor hinter sich und setzte sich in Bewegung, erst ganz ruhig, die Straße entlang, in der wir wohnten. Als sie ans Ende der Straße kam, schlüpfte sie flink wie ein Kind durch die Öffnung eines Zauns, die in ein Waldstück führte. Ab da wurde sie schneller. Anfangs kamen ihr Kinder und Spaziergänger entgegen, und sie musste ausweichen oder stehenbleiben, doch je tiefer sie in den Wald gelangte, desto schneller konnte sie laufen.

Der Pfad war weich unter ihren Füßen, der Untergrund gab federnd nach. Sie hörte ihren eigenen Atem, ihre Schläfen pulsierten, die eine Schulter schmerzte ein wenig. All das würde aufhören, sobald sie sich aufgewärmt hatte, das wusste sie, und sie sehnte sich danach, sie freute sich darauf, zu laufen, ohne darüber nachzudenken, dass sie lief. Sie folgte dem Weg, der am Wohngebiet entlangführte. Oft lief sie tiefer in den Wald hinein, bis man die Häuser nicht mehr sehen konnte. Dort drinnen teilte sich der Waldboden in ein Geflecht aus Wegen, aber heute wollte sie das Licht bei sich haben, das Nachmittagslicht, es fiel so schön auf den Rand des Wohngebiets.

Und dann, wie in einem Traum, in dem alles nach einem Plan verläuft, den man erst später als Plan erkennt, lief sie an den kleinen Einfamilienhäusern vorbei, deren Gärten an den Wald grenzten. Er, der ihr eine Mail geschrieben hatte, wohnte in einem davon, sie erkannte es wieder, sobald sie es sah. Ein kleines Haus aus den 1960er Jahren, nicht sehr gepflegt, aber mit einem kleinen Stapel trockenem Brennholz im Carport. Im Garten standen eine alte Hollywoodschaukel und eine Schneeschaufel, die nach dem Winter nicht weggeräumt worden war. Sie wohnten noch nicht lange dort, höchstens ein paar Jahre, waren sofort eingezogen, ohne etwas an dem Haus zu machen, wenn sie es richtig verstanden hatte, interessierte er sich nicht für so etwas.

Und dort draußen vor dem Haus stand er, genau, wie sie es sich vorgestellt hatte. Sie war sich gar nicht bewusst gewesen, dass sie es gehofft hatte, aber jetzt erkannte sie das Gefühl wieder: Genau so sollte er dastehen, als hätte er auf sie gewartet. Er war auch gerade Laufen gewesen, und jetzt dehnte er sich. Er wirkte konzentriert und selbstsicher, sah nicht nach rechts oder links. Und trotzdem entdeckte er sie. Sie sahen sich schon aus der Ferne, er erkannte sie wieder und hob die Hand zum Gruß. Als hätte er dort gestanden und auf sie gewartet. Seine Hand in der Luft, daran würde sie sich erinnern, und an sein Gesicht, als sie sich näherte. Seine Augen wurden schmal und schräg, wenn er lächelte, das fiel ihr auf.

Er sprang über die Steinmauer und wartete auf dem Pfad auf sie. Er kam direkt auf den Punkt. Wie immer, dachte sie, obwohl sie ihn noch gar nicht kannte. Trotzdem wusste sie schon, was typisch für ihn war, sie erkannte es, sobald sie es sah, und er sagte:

»Läufst du noch weit?«

Sie gab eine knappe, aber zuvorkommende Antwort, sie wollte sportlich und konkret klingen, was ihr nicht schwerfiel, es passte zu ihr, und sie spürte, dass es auch zu ihm passte. Sie waren bereits dabei, einen gemeinsamen Umgangston zu finden. Sie nannte ihm einen Ortsnamen, bis dorthin und zurück lief man eine knappe Stunde. Aber er war ja bereits unterwegs gewesen, also rechnete sie nicht damit, dass er mitkommen wollte. Sie fragte ihn trotzdem, und er antwortete: »Sehr gern.«

Er streckte großzügig den Arm aus, als wollte er ihr den Platz vor sich anbieten. Und sie gehorchte, wobei, was war das für ein Wort, sie war keine, die sich so leicht von jemandem führen ließ. Trotzdem, es fühlte sich an, als übernähme er die Kontrolle, obwohl sie ihn eingeladen hatte, sie zu begleiten. Sie lief vor ihm und hörte, wie er ihr folgte. Sie brauchte ein wenig Zeit, um ihren Rhythmus zu finden, es war, als *würde sie gelaufen*, das war mein Ausdruck, ich hatte ihn einmal gebraucht, nachdem ich im Fitnessstudio auf dem Laufband gewesen war. Ich kam nach Hause und hatte mich von den Sportgeräten überrollt gefühlt, ich sagte, es habe sich eher so angefühlt, als sei ich gelaufen worden, als dass ich selbst gelaufen sei. Doch all das verschwand jetzt für sie. Sie lief auf dem Pfad, vor einem Mann, den sie nicht kannte, und spürte seinen Blick auf sich.

Sie lief schneller, um die Kontrolle wiederzuerlangen. Sie fühlte sich stark. Er war sicherlich stärker als sie, das war ihr klar, sie hatte ja gesehen, wie durchtrainiert er war. Seine Beine in den kurzen Hosen hatten noch besser ausgesehen, als sie es sich vorgestellt hatte. Trotzdem hörte sie, dass er schwerer atmete, und sie beschleunigte das Tempo noch mehr, damit er sich ein bisschen anstrengen musste. Er musste es bemerkt haben, und sie glaubte, dass es ihm gefiel. Sie forderten sich gegenseitig heraus, sie liefen lange, ohne miteinander zu reden, ohne dass sie sich auch nur einmal umdrehte. Sie wusste ohnehin, er war direkt hinter ihr. Seine Füße trafen den Boden, sie konnte seinen Atem hören, den Umfang seines Brustkorbs, das Volumen seiner Lunge. Er hörte sich an, als wäre er gut gebaut, ein bisschen schwer. Er war größer als ich, das war ihr sofort aufgefallen. Sie lief leicht, verlängerte ihren Laufschritt, wenn es passte, sprang hin und her, wenn der Weg steinig wurde, doch allmählich wurde sie erschöpft, und es ärgerte sie, sie wollte ihn nicht an sich vorbeilassen.

Sie war sich ziemlich sicher, dass er ihren Po ansah, sie spürte seinen Blick auf sich wie eine warme Hand, ein wenig musternd, erst auf der einen Pobacke, dann auf der anderen. Sie glaubte zu spüren, wie sein Blick nach unten wanderte. Inzwischen waren sie zu einer Lichtung gekommen, wo der Weg wieder breiter wurde, und sie wurde langsamer, damit er neben ihr laufen konnte.

Er lief geradewegs an ihr vorbei.

Auch das war typisch, schon damals. So würde es zwischen ihnen sein. Echte Konkurrenz, ehrlicher Wettbewerb, keine sentimentale Rücksichtnahme. Sie spielten miteinander, doch in allem, was sie taten, lag auch eine ernsthafte Herausforderung. Er lief schnell, er wollte es ihr nicht leichtmachen. Sie setzte sich hinter ihn, doch der Abstand wurde größer, als es ihr gefiel. Sie strengte sich so an, wie sie es nicht für möglich gehalten hatte. Doch dann musste er etwas nachgegeben haben, denn plötzlich war sie wieder direkt hinter ihm. Sie liefen bergauf, sein Po bewegte sich schön, er sah fest aus, flacher als ihr eigener, ganz so, wie er sein sollte, seine Beine waren kaum behaart, und sie konnte sehen, wie sich die Muskeln unter der Haut bewegten. Sein Rücken war lang, auch hier sah sie die Muskeln in Bewegung, den schmalen Nacken, die Sehnen an seinem braunen Hals. Er trug einen Ehering am rechten Ringfinger, irgendjemand war mit ihm verheiratet, lag unter ihm, legte die Hände auf seinen Rücken, berührte ihn. Es missfiel ihr bereits, dass eine andere das machen konnte.

Aber vielleicht wusste sie das gar nicht. Denn noch war nichts an die Oberfläche gelangt, noch war sie in Erwartungshaltung. Die Anziehungskraft wirkte im Stillen, sie nährte sich von allem Möglichen. Er lief mit geöffneten Händen, sie empfand eine flüchtige Zärtlichkeit für seine Hände, wie er sie vor sich ausstreckte.

Plötzlich hielt er an, drehte sich zu ihr um und sagte, er wolle ihr etwas zeigen. Er verließ den Pfad, schob ein paar dünne Äste beiseite und hielt sie gerade lange genug fest, damit sie vorbeikam. Sie folgte ihm einen kleinen Hügel hinauf. Er kenne diesen Wald so gut wie seine eigene Westentasche, sagte er später einmal, und sie eignete sich das an, benutzte dieselbe Redewendung, als sie mir davon erzählte. Ein solcher Ausdruck, der antiproportionale Vergleich zwischen der Landschaft und einer Westentasche, ein so unlogischer und abgenutzter Ausdruck, war das Schönste, was sie mir geben konnte, genau in diesem Moment. Sie folgte ihm bergauf, bis es keine Bäume mehr gab, nur noch Büsche und Felsen, und dann ganz nach oben, wo sie kletternd eine Geröllhalde überwinden mussten. Er nutzte die Gelegenheit, ihr die Hand zu reichen, um sie das letzte Stück hinaufzuziehen, und sie nahm seine Hand, spürte, wie sie sich um die ihre schloss, und dachte, das muss sie gedacht haben, dass dies das erste Mal war.

Er hielt ihre Hand und zog sie zu sich. Und so gingen sie weiter und setzten sich auf die Hügelkuppe, auf einen flachen Stein. Sie blinzelten im tiefstehenden Sonnenlicht über den Wald. Sie sahen die Stadt nicht, auch nicht den Fjord, nicht mal einen kleinen See. Nichts als Wald. Dunkle Fichten, etwas hellere Kiefern, durchzogen von vereinzelten, hellgrünen Bändern von Laubbäumen. Die gescheckte Schattierung des Mischwaldes. Hügel, Hänge, Felsen und Senken – unendliche Mengen an Bäumen in unterschiedlichen Grüntönen.

Das war es, was er ihr zeigen wollte.

Und für sie war es ein unglaublicher Anblick, eine Aussicht, von der sie nicht geglaubt hatte, dass es sie gab. Sie saßen ziemlich nah nebeneinander, sie atmete immer noch schwer nach dem Laufen. Er auch, zum Glück. Sie spürte seine Haut an ihrer, am Bein. Er zog sein Bein weg. Sie ging mit, schwang ihr Knie so zur Seite, dass ihr Bein seines erneut berührte. Diesmal wich er nicht zurück. So saßen sie lange da, während er erzählte, wie er normalerweise lief. Er erklärte und zeigte, erzählte Geschichten, wie er sich verirrt hatte, von Strecken, die er gelaufen war. Als besäße er alles, worauf er zeigte, als hätte er es übernommen, es sich angeeignet.

Konnte sie seiner Stimme anhören, dass es etwas mit ihm machte, so nah bei ihr zu sitzen? Sie zog ihr Bein wieder zu sich, damit es nicht zu offensichtlich wurde, damit er es nicht missverstand. Schließlich war sie glücklich verheiratet, sie genoss es einfach nur, einen Mann kennenzulernen, der ein besonderes Interesse an ihr zeigte. Sie betrachtete seine Arme, seine Unterarme, sie waren braun und grob, wie ein Ledergürtel. Vielleicht hatte sie Lust, ihre Hand auf seinen Arm zu legen, vielleicht wusste sie schon, wie es sich anfühlen würde. Sie war weich und beweglich, und sie fühlte sich so stark wie schon lange nicht mehr. Sie spürte ein schwaches Zittern in ihrem Körper und fragte sich, woher es kam. Große Hände. Er kaute Nägel, nicht schlimm, aber genug, damit der Nagel in der Haut der Fingerspitzen versank. Sie hätte nicht gedacht, dass ihr auch das gefallen könnte, aber jetzt war es so. Sie saß da und stellte sich vor, wie sie nach Hause käme und mir von ihm erzählte. Sie freute sich schon auf mein Gesicht, sie wusste, dass ich überrascht sein würde.

# 3

Sie hatte erst als Erwachsene mit dem Laufen angefangen. Sie lief die Straßen entlang, auf staubigem Asphalt, mit einer dünnen Schicht Sand bedeckt, auf nassem Asphalt, vom Regen dunkel, und auf dem Kies im Waldstück direkt neben unserem Haus. Sie lief weit, sie lief, bis sie auf die Wege im Wald gelangte, wo ihre Schritte sanft zurückfederten, wo dünne Wurzeln wie ein Skelett im trockenen Sandboden lagen. Sie war nicht so schnell, wie sie es sich gewünscht hätte, wurde viel zu oft überholt. Nach einer Weile wurden ihre Beine schwer, und die Schuhe stampften wie tot auf den Boden. Am liebsten hätte sie sich hingelegt und wäre nie wieder aufgestanden. Aber sie lief weiter. Sie lief Treppen und steile Hänge hinauf, sie trainierte Intervalle, sie trieb sich so weit, bis sie vor Erschöpfung keuchte. Sie beobachtete die anderen Läufer, klemmte sich hinter sie, nahm sich alle zum Vorbild, die mühelos durch die Welt liefen.

Das wollte sie auch lernen. Sie kaufte sich leichtere Schuhe, und die neuen Schuhe platschten nicht mehr so dumpf und resigniert auf den Untergrund. Sie war bereits schneller geworden. Sie stieß sich mit dem Ballen ab, schob sich selbst vorwärts. Sie stieß sich vom Boden ab, begann zu sprinten – nein, noch nicht, sie lief, als würde sie sich selbst sprengen, sie stieß sich ab, um von allem wegzukommen, was sie einmal gewesen war. Inzwischen hatte sie schon vergessen, dass sie einmal langsam, untrainiert und unmotiviert gewesen war. Sie überholte langbeinige Frauen in engen Tights und durchtrainierte Männer in kurzen Shorts. Sie mochte es, die schönsten Männer für einen Moment zu betrachten, sich hinter sie zu setzen, eine Weile so zu laufen und dann vorbeizusprinten. Wenn sie hinter ihr lagen, wurde sie schneller und erhöhte das Tempo noch etwas mehr. Sie machte allen klar, dass sie nicht aufgeben würde. Und sie mochte es, dieses Gefühl, jeden überwinden zu können, oder jedenfalls beinahe jeden, nicht alle, aber fast alle, mit denen sie sich maß. Sie erhöhte das Tempo und spürte, wie die anderen aufgeben mussten, wie sie sich ihrer Geschwindigkeit anpassten und hinter ihr blieben. Wie sie voranlief und die anderen, wer auch immer sie waren, hinter ihr laufen mussten. Früher hatte sie immer die anderen ansehen müssen, jetzt war sie es, die gesehen wurde.

Sie lief, damit sie durchhielt, damit sie den ganz normalen Missmut und die Verzweiflung von sich weghalten konnte. Wir zogen uns aus, berührten einander, saugten und leckten einander, hatten zärtlichen oder heftigen Sex, um durchzuhalten, um die Langeweile der Tage und das Chaos und die Erschöpfung durchzustehen. Wir bekamen Kinder miteinander, um auszuhalten und um unsere eigene Welt reicher und unvorhersehbarer zu machen. Wir fuhren in den Urlaub, feierten Geburtstage und Weihnachten, legten uns abends nebeneinander und halfen uns morgens, aus dem Bett zu kommen, um mehr aus dem Leben zu machen als nur etwas, das man durchhielt. Wir berührten einander zart oder gierig, wir phantasierten über alles, was an unerwarteten intimen Freuden auf uns zukommen könnte – wir hielten einen unaufhörlichen Flirt miteinander aufrecht, um unser Leben, wenn möglich, schöner zu machen. Was hätten wir sonst tun sollen?

Wenn abends die Fenster offen standen, konnten wir die Geräusche anderer Läufer hören, ihre schnellen, rhythmischen Schritte auf dem Kies oder Asphalt. Abends vor dem Einschlafen lag sie da und lauschte ihnen. Das Geräusch der Füße, die sich so schnell und leicht vom Boden abstießen, klang enthusiastisch, es war das Geräusch einer erhebenden und solitären Freude, jeder für sich liefen sie durch die Dämmerung, machten sich stärker und ausdauernder.

Sie lief jeden Tag. Anfangs war sie mit Musik gelaufen, aber damit hatte sie aufgehört. Sie hörte nur noch ihren eigenen Atem, keuchend und erregt. Ihre Kopfhaut wurde warm, ihr Gesicht glühte, die Hände schmerzten. Warum sollten die Hände schmerzen, sie wusste es nicht, aber sie schmerzten trotzdem. Ihr Mund war geöffnet, während sie lief. Sie lief eine Stunde am Stück, sie hätte den ganzen Tag laufen können, sie war nicht erschöpft, sie hätte für den Rest ihres Lebens laufen können.

In Bewegung sein, existentiell und zugleich mager. Plötzlich konnte sie wieder schwer werden, an manchen Tagen sank sie durch alle Schichten in ihrem Inneren, wirbelte mutlos dem Boden von allem entgegen, was sich denken ließ. Sie wollte sich fallenlassen, wollte sich auf der Stelle hinlegen und nie wieder aufstehen. Ihre Füße platschten flach auf den Boden, ihr Atem war angestrengt, die Erschöpfung holte sie wieder ein und legte sich über alles, was sie kannte. Sie wusste keinen anderen Ausweg, als aufzugeben. Das Dasein konnte so aufgerieben sein, dass es zerriss. Sie hatte geglaubt, sie wäre stark, aber in Wirklichkeit war sie schwächer als jede Fünfzehnjährige, die zum allerersten Mal durch den Park lief. Sie hätte sich genauso gut hinlegen und sterben können. Aber sie tat es nicht, sie war keine, die sterben wollte, so nicht, noch nicht, sie lief geradewegs hindurch; durch Übelkeit und Selbsthass, Verzweiflung und Erschöpfung. Sie spürte die allerdünnste Schicht ihrer eigenen Existenz, die allerschwächste, von der niemand etwas wissen durfte, von der nicht einmal sie selbst etwas wissen wollte.

Das, was vielleicht die allerdünnste Schicht des Selbsterhaltungstriebes ist, dachte sie sich. Wenn es überhaupt etwas gab, was man als Selbsterhaltungstrieb bezeichnen konnte? Das Wort war da, es deutete etwas an, was andere erlebt haben mussten. Aber wenn ja, war es dann tatsächlich ein Trieb, der sich sozusagen selbst antrieb, oder war es nur die allerletzte Haut des Willens über dem Abgrund, aus dem wir uns selbst nicht mehr zu retten wüssten? Weitgespannt und durchsichtig, wie eine dünngescheuerte Fettschicht über den nackten Knochen, wie ein Trommelfell, eine weiße, kleine Trommel, deren Klang niemand gern hört? Doch etwas schlug auf diese Trommel, etwas scheuerte an dieser Haut, tief unten in ihrem Leben, unterhalb von allem, was sie geworden war.

Sie lief, und sie spürte, dass irgendetwas immer wieder auf diese dünne, gespannte, durchsichtige Haut schlug, und tiefer konnte sie nicht fallen. Und von dort aus musste sie sich selbst aufbauen. Sie lief morgens, bevor sie zur Arbeit ging. Sie lief morgens, bevor alle anderen aufgestanden waren. Sie reparierte sich selbst, sie baute sich auf, Faser um Faser, baute Muskeln und Entschlossenheit und die Fähigkeit auf, durchzuhalten, was auch immer kommen mochte. Denn irgendetwas kann immer kommen, irgendetwas kann jederzeit kommen, und zwar im Leben aller.

# 4

Einst hatte sie beschlossen, wer sie sein wollte. Es geschah zu einem frühen Zeitpunkt im Leben, und sie konnte ihn noch viele Jahre später in ihrem Körper spüren, diesen unerschütterlichen, salzhaltigen Beschluss, der sich tief ins Fleisch setzte: dass sie ihren Weg gehen würde. Sie würde eine sein, bei der andere Halt fanden.

Als sie zwölf oder dreizehn war, hatte jemand zu ihr gesagt, sie wäre reell. Das Wort war heute nicht mehr gebräuchlich, soweit sie wusste, aber in einem Wörterbuch fand sie seine Bedeutung so wieder, wie sie sie damals auch verstanden hatte: ehrlich, unkompliziert. Und das wollte sie auch sein, ehrlich und unkompliziert. Sie wollte eine sein, auf die andere zählen konnten. Sie wollte anderen helfen, nicht eine sein, die selbst Hilfe brauchte. Ihre Stimme sollte in einem Raum zu vernehmen sein, laut und klar, aufrichtig, norwegisch. Sie würde ihren Weg gehen. Und den anderen auf ihrem Weg helfen. Es war einfach, man musste es nur beschließen. Ihr Gesicht nahm die Form ihrer Entscheidung an. Die Augen wurden klarer, größer und forschend. Ihr Mund schloss sich sanft über dem Kinn. Der Hals war lang und aufrichtig und hell und nackt. Sie reckte den Hals, drehte den Kopf. Auch ihr Rücken war lang und schön; das hatte sie schon oft gehört, jedenfalls von mir.

Sie war schmal, ziemlich klein, oft sah sie viel zu mager aus. Das ärgerte sie, weil es sie auf eine Weise weiblich machte, die sie nicht mochte, lieblich und ungefährlich. Dieses Aussehen quälte sie schon früh, sie wollte lieber stark sein. Als sie dreißig wurde, fing sie an, dafür zu trainieren, sie stemmte Gewichte und baute Muskeln auf. Ihre Hände waren inzwischen groß und wohldefiniert auf eine Weise, die ihr gefiel, auch die Oberarme. Sie hatte langes Haar gehabt, das sie immer hochstecken musste, wenn sie sich frei bewegen wollte, jetzt schnitt sie es ab und färbte es dunkel. Allmählich glich sie dem Menschen, der sie sein wollte, sie war erwachsen und stark und beruflich ziemlich erfolgreich, und dann lernte sie ihn kennen.

Er hieß Harald, und ich nannte ihn Handschuh. In den ersten Wochen ihres Kennenlernens nannte ich ihn beim Vor- und Nachnamen – Harald Heming –, wenn sie mir von ihm erzählte, um ihn von einem anderen Mann zu unterscheiden, den Harald eines befreundeten Paares, das Kinder im selben Alter wie unsere hatte. Sie erzählte, Harald Heming habe ihr eine Nachricht geschickt, Harald

Heming habe sie gefragt, ob sie mit ihm laufen gehen wolle, sie habe sich mit Harald Heming verabredet, um in die Kletterhalle zu gehen. Nach und nach hörte sie auf, ihn beim Nachnamen zu nennen, vermutlich, weil schon ihr Tonfall deutlich machte, von wem die Rede war. Anfangs ahmte ich sie nach, ich nannte ihn ebenfalls Harald, wenn wir uns über ihn unterhielten, und sprach seinen Namen mit einer neckenden Intimität aus. Es war wie ein Spaß zwischen uns, wir machten seine Gegenwart zu etwas, das wir teilten, das uns beide anging. Später jedoch, als es allmählich schwierig für mich wurde, wollte ich seinen Namen nicht mehr in den Mund nehmen. (Wie typisch für mich, dass ich es so ausdrückte, in den Mund nehmen, ich sexualisierte meine Eifersucht, um es mir selbst zu erleichtern, und ihr vielleicht auch, aber es quälte sie eher, mehr, als sie sagen konnte.)

Er hatte ihr Fahrradhandschuhe geschenkt, weiche, schwarze Handschuhe, die bis zum mittleren Fingerknöchel reichten, sodass der äußere Teil der Finger frei blieb. Kleine, ovale Löcher über den Knöcheln und eine längliche Öffnung über dem Handrücken verliehen den Handschuhen einen hochwertigen, exklusiven Charakter. Sie waren sicher teuer gewesen. In erster Linie jedoch waren sie nützlich, und genau die Art von Geschenk, über die sie sich aufrichtig freute, egal, von wem es kam. (Ihre Freude an solch kleinen Geschenken – woher konnte er sie kennen?) Dass die Handschuhe von ihm kamen, verlieh ihnen eine besondere Bedeutung. Sie bedeuteten einen beachtlichen Fortschritt, für das, was zwischen ihnen passieren würde, sie sorgten für eine diskrete, aber dennoch eindeutige Verschiebung der Grenzen zwischen ihnen. Das Geschenk war eine deutliche Aufforderung, sie konnte es nicht ausschlagen, und sie konnte es nicht sein lassen, darauf einzugehen. Sie hatte die Handschuhe an einem Tag von ihm bekommen, an dem sie eine lange Radtour machen wollten, die vom frühen Morgen bis spät in den Abend hinein dauern sollte. Sie hatten sich freigenommen und waren mitten in der Woche aufgebrochen, um ihr Familienleben nicht in Mitleidenschaft zu ziehen. Vielleicht wusste auch nur ich von ihrem Ausflug, sie erzählte mir von allen Gesprächen, die sie mit ihm geführt hatte, war sich aber nicht sicher, ob er zu Hause genauso offen damit umging. Sie vermutete, dass er ihre Freundschaft geheim hielt, und das gefiel ihr. Aber die Handschuhe wurden zu einem Problem. Als sie abends nach Hause kam, steckte sie sie hinten in ihren Hosenbund, bevor sie das Rad durchs Tor schob. Sie trug es in den Keller und achtete darauf, die Handschuhe dort abzulegen. Tags darauf nahm sie die Handschuhe mit hinauf, um sie schnell in ihren Rucksack zu stecken, damit ich sie nicht sah. Sie wollte sie für sich haben. Allerdings merkte sie nicht, wie sie einen Handschuh auf der Treppe verlor. Dort lag er, bis ich ihn fand und fragte, ob er ihr gehöre. In dem Moment wurde sie rot. Anschließend ärgerte sie sich darüber, hätte sie doch genauso gut behaupten können, ihn selbst gekauft zu haben. Doch wir waren immer offen miteinander gewesen, schon von Anfang an, und sie hatte die Handschuhe vor mir verbergen wollen, um nicht mit dem Lügen anfangen zu müssen.

Anschließend nannte ich ihn Handschuh. Es war ein Spitzname, der sie traurig machte, als sie ihn zum ersten Mal hörte, seinetwegen. Doch nachdem ich ihn mehrmals benutzt hatte, begann sich das zu ändern, er klang zärtlicher, liebevoll und demütig zugleich, als sei Handschuhs Eintreten in unser Leben etwas, mit dem ich mich nicht nur abfand, sondern an dem ich sogar eine Art untertäniges Vergnügen empfand. Ich konnte die Hand auf ihren Arm legen und sagen:

»Wirst du heute Abend mit Handschuh ausgehen, oder hättest du Lust, etwas mit mir zu unternehmen?«

Es versetzte ihr einen leichten Stoß, mich das sagen zu hören, fast jedes Mal, ein gespanntes Zittern, von dem sie wusste, dass wir es teilten. Wir waren lange zusammen gewesen und hatten eine so große Durchlässigkeit zwischen uns aufgebaut, dass wir alles miteinander teilen konnten, glaubten wir.

Wie hatten wir zusammengefunden? Einst war ich ein junger Vater gewesen, mit einem kleinen Kind auf dem Arm, und sie hatte sich vorgebeugt, um mit dem Kind zu sprechen, ehe sie mich ansah. Damals studierte sie noch, sie wollte Ärztin werden und machte ein Praktikum in der Praxis, in die ich mit meiner Tochter kam. Sie saß bei meinem Hausarzt im Sprechzimmer, rief uns herein und begrüßte uns, nachdem wir Platz genommen hatten, erst mein Kind, dann mich. Meine Tochter saß auf meinem Schoß und lächelte vorsichtig die Frau an, die erwachsen, aber dennoch ziemlich jung war, einige Jahre jünger als ich. Meine Tochter musste gespürt haben, dass ich mich in ihrer Gegenwart sicher fühlte, dass ich mich zurücklehnte. Sie ließ meine Hände los und beugte sich über den Tisch, um etwas in Augenschein zu nehmen, das man ihr zeigte. Ein kleines Plastikspielzeug, ein länglicher, gelber oder roter Hund, wie es ihn in allen Arztpraxen gibt, in die auch Kleinkinder kommen. Er gab ein dünnes, einfühlsames Quietschen von sich, wenn man ihn drückte. Sie erinnert sich noch an die Hände meiner Tochter, wie sie den roten Hund hielten. Nein, natürlich bin ich derjenige, der sich erinnert. Später werden wir aber darüber reden, in allen Gesprächen, in denen wir unsere erste Begegnung analysieren, und so wird es eine gemeinsame Erinnerung. Meine Tochter war noch klein, sie wusste nichts über die Welt der Erwachsenen, fasste leicht Vertrauen zu Fremden. Und ich als ihr Vater hatte ja auch Vertrauen zu der Frau gefasst, die uns gegenübersaß. Ich schenkte ihr mehr als Vertrauen, ich schenkte mich, ohne nachzudenken, ohne mich zu wehren, es war ein Gefühl, als hätte ich bereits etwas in ihr gesehen, das ich nicht sehen sollte, als hätte ich zugelassen, etwas zu sehen. Doch was war es? Lag es einfach nur daran, dass sich unsere Blicke gestreift hatten und wir uns länger ansahen als angemessen? Hatte irgendetwas zwischen uns ausgesetzt, ohne dass wir es wollten oder wussten? War ich damals schon auf der Suche nach jemand anderem gewesen, und meine Wahl war auf sie gefallen, weil sie so gut mit meinem Kind umgehen konnte? Oder waren es ihre Augen, groß und gefühlvoll, und ihre Stimme, die so zärtlich und mild wurde, als sie mit meinem Kind sprach? Ich erinnere mich, wie wenig meine Tochter wog, wie entspannt und leicht und doch schwer sie auf meinem Schoß saß. Der Hund hatte lange schwarze Ohren, die Hände meiner Tochter waren dick und knubbelig und immer ein wenig feucht.

Die erwachsenen Hände von Timmy waren ziemlich kräftig, mit kurzen Nägeln. Sie strich meiner Tochter über die Wange und fragte, ob sie ganz weit den Mund aufreißen könne. Und das tat sie auch. Meine Tochter riss den Mund auf, mit einem Plastikhund in den Händen, sie fühlte sich sicher, sie hätte alles getan, worum sie gebeten wurde, und Timmy beugte sich vor und starrte in den kleinen geöffneten Schlund hinein. Die Mandeln waren geschwollen, das ließ sich leicht erkennen. Es gab Medikamente dagegen, die sie verschreiben konnte. Vielleicht konnte sie es auch nicht, jedenfalls nicht offiziell, denn es würde noch ein paar Jahre dauern, bis sie ausgebildete Ärztin war. Doch für mich war es so, als würde sie sich um mein Kind kümmern und zur selben Zeit auch um mich. Sie sorgte dafür, dass wir uns sicher fühlten, beide. Sie war selbstsicher, und sie hatte Vertrauen in die Welt, und damit fühlte auch ich mich bei ihr sicher.

Eine solche Begegnung, kurz und mit völlig offenem Ausgang, kann jederzeit stattfinden, überall. Alle begegnen jemandem, in den sie sich verlieben könnten, überall. Vollkommen unerwartet blickst du in das Gesicht eines Menschen, der deinen Blick aufrichtig und suchend erwidert. Du begegnest jemandem, der etwas hat, was du gern hättest, Humor, Selbstsicherheit, Verspieltheit. Der Zeitpunkt passt fast nie, du bist schon mit jemandem zusammen, der oder die andere ist auch mit jemandem zusammen, also geht ihr weiter. Die allermeisten dieser kurzen Begegnungen geraten in Vergessenheit, weil sie zu nichts führen. Du begegnest jemandem, den du heiraten könntest, wenn du in den Bus steigst, eure Blicke streifen sich, aber ihr seht euch nie wieder. Du begegnest jemand anderem, mit dem du auch ziemlich glücklich werden könntest, als du aus dem Bus aussteigst. Einer von euch lächelt versuchsweise, der andere lächelt zurück, doch zu spät. Überall gibt es Menschen, die einander finden könnten und es nicht tun. Würden alle, die es könnten, die Chance ergreifen, hielten die wenigsten Ehen länger als einen Tag, eine Woche oder ein paar Monate, vielleicht ein paar Jahre, bei denen, die hilflos glücklich miteinander waren. Im Übrigen hat das Glück wohl immer etwas Hilfloses, hat es etwas Hilfloses, sich einander hinzugeben.

Doch sie hatte ja schon einen Freund, damals. Und ich offensichtlich auch, dachte sie, mit einem so kleinen Kind war ich wohl nicht allein, das waren die wenigsten Männer. Wir gaben uns ein wenig förmlich die Hand, lächelten unbeschwert und sahen einander ein bisschen länger in die Augen als nötig. Und dann ging ich mit meiner Tochter auf dem Arm wieder hinaus, und als wir draußen auf dem Flur waren, streifte mein Blick den ihren noch einmal. Damit hatte sie nicht gerechnet, es löste etwas in ihr aus, ich wirkte so selbstsicher und warm und lebendig, und sie wusste nicht, dass sie selbst die Ursache dafür war, dass ich mich so selbstsicher und warm und lebendig fühlte, sie erkannte ihre eigene Selbstsicherheit nicht wieder, als sie ihr so kraftvoll entgegenschlug.

Eine Nähe, Ruhe, eine mögliche Zärtlichkeit.

Sie war gern in meiner Nähe, weil ich gern in ihrer Nähe war. Sie sah zu, wie ich vorsichtig die Tür zu ihrem Sprechzimmer schloss. Sie hörte unsere Stimmen draußen auf dem Flur. Die Kinderstimme war plötzlich laut und klar und frei von jeder Schüchternheit. Sie hörte meine Tochter sagen, dass die Frau nett gewesen sei, und sie hörte, wie der ziemlich junge Vater seiner Tochter mit sicherer Stimme antwortete. Sie verstand, dass er ihr zustimmte.

Das war alles, es dauerte nicht lange. Meine Tochter war ihre allererste Patientin gewesen. Im Nachhinein konnte sich keiner von uns erinnern, ob der alte Hausarzt damals auch anwesend gewesen war, aber in unserer Geschichte von unserer ersten Begegnung war niemand sonst dabei, außer dem Kind. Ein paar Minuten, ein einfacher Austausch von Sympathie und Freundlichkeit. Unter gewöhnlichen Umständen hätten wir einander danach vergessen. Timmy war immer noch Studentin, und ich studierte auch, und außerdem war ich einer, der schrieb, der schreiben wollte. Ich wollte Journalist werden, einer werden, der gründlich recherchierte Artikel zu allen möglichen Themen schrieb. Am liebsten Wissenschaftsjournalist, weshalb ich viele fachfremde Vorlesungen besuchte. So trafen wir uns wieder. Wir besuchten dieselbe Vorlesungsreihe, womöglich zum Thema Öffentliche Gesundheit, für das sie sich so interessierte. Und ich, so schien es, war an allem interessiert, und sie erkannte mich sofort wieder.

Oder nein. Sie erkannte mich wieder, wusste aber nicht mehr, woher sie mich kannte. Ich schaute alle an, drehte mich ganz unverblümt nach ihnen um, als trügen alle Geheimnisse in sich, in die ich gern eingeweiht werden würde, als wüssten alle außer mir, wie das Leben gelebt werden sollte. Ein solches Gesicht machte ich, ganz offen, aufmerksam und großäugig, ein wenig staunend, interessiert. In einer Pause ging sie an mir vorbei und sagte Hallo, und ich grüßte zurück. Ein wenig unbestimmt, weil ich sie auch nicht einordnen konnte. Aber ich lächelte, sie konnte sehen, dass ich glücklich war und sie mit etwas Schönem verband. Da erinnerte sie sich, woher sie mich kannte, und im selben Moment wusste auch ich es, und kurz darauf waren wir ins Gespräch vertieft.

Es wurde ein langes Gespräch, fast zwanzig Jahre hielt es an. Anfangs wartete ich meistens vor oder nach den Vorlesungen auf sie. Ich war der Mann, mit dem sie zu reden begonnen hatte, der Typ mit den zerknitterten Hemden, mit der zerschlissenen Jacke, deren Nähte am Ärmelaufschlag ausgefranst waren, sodass die Fäden über meine Hände hingen. Etwas nachlässig, was ihr vielleicht gefiel. Außerdem war ich jemand, der sich für sie interessierte, und für alles, was sie wusste, was sie im Studium gelernt hatte. Ich hörte ihr zu, wenn sie sich und anderen die Welt erklärte. Sie erkannte mein Lächeln und meine schmalen Schultern schon von weitem. Ich ging mit erhobenem Kopf und gerecktem Hals durch die Gegend, ich fürchtete mich, dass mir etwas entgehen könnte. Ich wartete auf sie, sie kam zu mir, und wir schlenderten zusammen von dort weg.

Bald fingen wir an, uns zu verabreden, und machten lange Spaziergänge durch die Straßen. Ich war verheiratet, ich hatte ein kleines Kind, und trotzdem wollte ich immer zu Timmy. Oft hatte ich den Kinderwagen dabei, und an einem dieser Tage sang sie für mein Kind. Ein Wiegenlied, das sie von ihrem Vater gelernt hatte, es handelte von einem kleinen Jungen, der auf einem Berggipfel saß und in ein Horn blies, ein Bukkehorn. Nachdem wir zusammengezogen waren, sang sie es meiner Tochter immer vor, und später sang sie es für unsere beiden Söhne, die ganzen Jahre, und dann sang sie es, soweit ich weiß, plötzlich nie wieder.

Sie erzählte mir von ihrer Kindheit, wo sie herkam, wie sie als Kind gewesen war. Ich tat dasselbe. Ich sprach über Bäume und Vögel, über die Bedeutung aller Dinge, das Leben, und wie ich mir meine Zukunft vorstellte. Sie erzählte von ihrem Studium. Wir erzählten einander, was wir gern kochten, welche Meinung wir zu Politik und Geschlechterrollen und Kindererziehung hatten. Wir waren zielstrebig, irgendetwas in uns wusste bereits, was wir voneinander wollten, lange bevor wir es selbst verstanden. Nach einer Weile erkannte meine Tochter sie wieder.

Eines Vormittags gingen wir wieder einmal zusammen spazieren, sie hatte vorlesungsfrei, ich war mit meiner Tochter zu Hause. Ich schob den Kinderwagen, sie ging neben mir her, während meine Tochter schlief. Wir setzten uns auf eine Bank. Ich drehte mich zu ihr um. Sie wusste, was ich sagen würde, noch bevor ich es sagte. Sie hatte gewusst, dass es kommen würde, und gleichzeitig hatte sie es nicht gewusst und war doch nicht mehr im Zweifel, als ich zu reden begann:

»Stell dir vor, wir könnten Freunde werden.«

»Das können wir doch, das sind wir ja schon.«

»Ich meine, sehr gute Freunde.«

»Das meinte ich auch.«

Dann passierte etwas in meinem Gesicht, und ich kam zu nah, und sie musste wegsehen, aber ich sagte:

»Ich meinte, mehr als Freunde. Ich habe mich in dich verliebt.«

Sie war Ende zwanzig, ich Anfang dreißig, unser Leben hatte noch immer gerade erst angefangen. Sie war dabei, Ärztin zu werden, ich hatte vor kurzem als Journalist angefangen, arbeitete freiberuflich für mehrere Wochenzeitungen und hoffte auf eine feste Stelle. Wir kamen beide aus Familien, in denen niemand eine höhere Ausbildung hatte. In unseren Familien waren die Leute Kleinbauern und Fischer gewesen, Seemänner und Kleinfunktionäre, Handwerker und ungelernte Fabrikarbeiter. Wir waren beispielhaft für den allgemeinen Anstieg des Bildungsniveaus in der Bevölkerung, und wir hatten unser Studium mit einer Selbstverständlichkeit angetreten, die uns gar nicht bewusst gewesen war, obwohl sie erst durch mehrere Jahrzehnte des steigenden Wohlstands möglich geworden war. Schon früh in unserer Schulzeit hatten wir eine andere Ausbildung begonnen, wir trainierten für eine Karriere in der Liebe, für das Zusammenkommen und das Zusammenleben, für die Hingabe zu einem anderen, die es möglich machen sollte, alles auszuhalten. Sie fing schon im Alter von dreizehn an, sich Freunde zu suchen, ich war eher ein Spätzünder. Und als wir uns schließlich begegneten, hatten wir beide schon eine ganze Reihe von Partnern gehabt, jeder von uns auch schon mit welchen zusammengelebt, und ich hatte sogar geheiratet und ein Kind bekommen. All das waren, wie sich jetzt herausstellte, Vorbereitungen gewesen, ein Teil unserer Ausbildung. Jetzt hatten wir einander endlich gefunden. Wir griffen nacheinander, wir legten die Arme umeinander, ein Gesicht näherte sich dem anderen, unsere Münder öffneten sich: Wir küssten uns. Ich schob meine Zunge in ihren Mund, sie war überrascht, die Zunge war so schnell und glitschig, aber sie empfing sie mit der ihren. Ununterbrochenes Zungenküssen, eine Minute oder länger, dann zogen wir die Gesichter auseinander und betrachteten uns aufs Neue, mit neuen Augen. So fanden wir zusammen.

Sie glaubt, dass sie sich an den Klang unserer Stimmen erinnert, sie müssen sanft gewesen sein, empfänglich. Unsere Stimmen nahmen dieselbe Tonlage ein, und wir unterhielten uns weiter, ziemlich leise, leiser, als wir sonst sprachen. Sie klangen warm, ein bisschen kindlich, ungezwungen und intim. Wir fanden eine Stimmlage und eine Lautstärke, die wir uns zu eigen machten und in der wir mit niemand anderem redeten. Wir saßen lange auf der Bank, küssten und umarmten uns. Sie spürte meine Hände unter ihrer Kleidung. Ich war forsch, das hatte sie noch nicht erlebt, denn schon nach dem ersten Kuss streichelte ich ihre Taille, die nackte Haut.

Meine Tochter wurde wach, sie lag in einem Kinderwagen, über dessen Öffnung eine Decke hing, um die Sonne abzuhalten, und jetzt zog sie plötzlich den Stoff nach unten und betrachtete uns im Liegen. Ein Blick, so vertrauensvoll und offen, wie ihn nur kleine Kinder haben können. Sie war zwei Jahre alt, hatte ein rundes, blasses und verschlafenes Gesicht, und sie setzte sich auf und sagte:

»Was *machst* du da, Papa?«

Jetzt erinnert sie sich daran, an einem Abend, als sie draußen spazieren geht, sie hat schon viele Jahre nicht mehr daran gedacht, aber jetzt erinnert sie sich an die Stimme der Zweijährigen, heiser vom Schlaf und voller Luft. Die kleine Stimme brach zart und ahnungslos in das Dasein ein, das wir beide in diesem Moment bereits aufbauten.

So fanden wir zusammen: Ich ging nach Hause und machte mit der Mutter des Kindes Schluss, die ich erst zwei Jahre zuvor geheiratet hatte. Sie, die Mutter meines Kindes, die zu der Frau-mit-der-ich-vorher-verheiratet-war wurde: Damals war sie eine ziemlich junge Mutter, und ich nannte sie Süßgras. Später nannte ich sie Trauerhonig, und irgendwann wurde sie zur Blinddistel. Aber keinen dieser Namen hatte sie je selbst gehört, ich sprach sie niemals laut aus. Sie musste die Veränderung trotzdem bemerkt haben. Am einen Tag gab es nur sie und mich und unser kleines Kind. Und es hätte nie jemand dazukommen dürfen, außer noch ein Kind, das hätte durchaus passieren können, und es wäre auch passiert, wenn wir uns nicht getrennt hätten. Sie war Musikerin, spielte Gitarre und sang, schrieb ihre eigenen Lieder. Sie hatte gerade angefangen, davon zu leben, mehr oder weniger. Später kam eine Zeit, in der sie ziemlich gut davon lebte, als ich schon nicht mehr Teil ihres Lebens war. Anschließend wurde sie Lehrerin, und inzwischen machte sie längst keine Musik mehr. Auch unsere Tochter war endlich erwachsen geworden und wurde nicht länger zwischen ihren Eltern aufgerieben, die nicht mehr miteinander sprachen.

An einem Donnerstag im Mai begann das, was Süßgras für mich in Trauerhonig und schließlich in Blinddistel verwandeln sollte. Sie saß mit ihrer Gitarre da und konnte anscheinend den ganzen Tag ein und denselben Akkord spielen. Als ich hereinkam, sah sie mich mit einem Auge an, das andere hatte sie geschlossen, wie fast immer, eine Krankheit an der Pupille zwang sie dazu, einäugig in die Welt zu blinzeln, als wäre das Licht immer zu grell. Ihr ganzes Leben hatte sie sich auf persönliche Katastrophen und schlechte Nachrichten eingestellt, nur nicht von mir. Ich war derjenige, der mit ihr aushalten sollte, ich war derjenige, der es ihr ermöglichen sollte, morgens aufzustehen, sich anzuziehen und ihr Haar zu frisieren und sich unbeholfen die Lippen zu bemalen, ehe sie das Haus verließ. Ich war der Vater ihres Kindes. Der Vater eines Wunders, was mich wertvoller für sie machte als vorher. Wir waren drei geworden, sie und ich sollten uns um unser Kind kümmern, und umeinander, wenn die Welt einmal aus den Fugen geriet. Und das tat sie oft, die Welt, für mich wie für sie, ohne ersichtlichen Grund.

Doch jetzt kam ich mit unserem Kind auf dem Arm zu ihr nach Hause und sagte, dass ich nicht mehr mit ihr zusammenleben wolle. Das ergab keinen Sinn. Ich konnte nicht mit unserem Kind auf dem Arm dastehen und sagen, es wäre aus. Es konnte nicht aus sein zwischen uns, wir waren durch ein lebendes Wesen miteinander verbunden. Und trotzdem kam ich nach Hause und sagte *Ich muss mit dir reden,* mit einer Stimme, die Untergang und Tod verkündete.

War es wirklich so? War es so, wie es Timmy anschließend vor sich sah, sie, die meine neue Liebe geworden war, noch bevor ich mit meiner alten Liebe Schluss gemacht hatte? Nachdem Timmy und ich einander geküsst hatten, trafen wir uns jeden Tag. Wir gingen gemeinsam spazieren und saßen auf Bänken. Einmal hatten wir im Park gesessen und über Dinge gesprochen, über die man spricht, wenn man gerade zusammengekommen ist. Bäume, Kindheit, wie man sensible Haut behandeln sollte, Kinofilme und den Ursprung der Sprache. Wir waren zögerlich und unsicher, weil wir einander nicht kannten, aber wir hatten beschlossen, daran zu glauben, dass wir uns besser kannten als andere, und außerdem wurden unsere Körper zueinander hingezogen, und so erlangten wir eine Nähe, die alles andere überstrahlte. Dann wachte meine Tochter auf. Ich ging langsam mit ihr nach Hause, und Timmy begleitete mich ein Stück. Und aus einem grotesken Zufall begegnete uns dort auf der Straße sie, mit der ich verheiratet war. Ich schob den Kinderwagen, unser Kind lag mit seinem blassen, treuherzigen Gesicht da und starrte zu mir hinauf, zu uns beiden, zu den Bäumen und Häusern und Wolken. Neben mir ging Timmy, der ich mich schon versprochen hatte. Timmy hielt meine Hand, oder meinen Arm, wie nur wenige Tage zuvor auch die Mutter des Kindes. Sie sah uns zusammen hinter dem Kinderwagen gehen und reden und lachen. Wir bemerkten sie nicht, ehe sie auf uns zurannte und mir den Kinderwagen entriss und mich anschrie.

Sieh dir die beiden an, die sich so plötzlich und hilflos ineinander verliebt haben: eine ziemlich junge Frau und ein ziemlich junger Vater. Und sieh dir die junge Mutter an, die kurz davor ist, von ihrem Mann verlassen zu werden, sieh, wie sie den Kinderwagen an sich reißt und damit wegläuft. Sie ist auf die schlimmstmögliche Weise hintergangen worden, und jetzt hat sie nur noch das Kind. Das wird sie nicht hergeben. Das Kind liegt im Wagen und weiß von nichts.

So begann die Scheidung, über die Timmy nur von mir erfuhr. Die aufgebrachten Versuche zu Gesprächen zwischen zweien, die zusammen gewesen waren und es nicht länger sein sollten. Jetzt mussten wir uns voneinander losreißen, jetzt waren wir gezwungen, dem anderen unseren eigenen Schmerz zu schildern, den Verrat und die Enttäuschung, und die Gründe für den Verrat und die Enttäuschung, obwohl wir selbst nicht ahnten, was die Gründe waren.

Die Verlassene wird hilflos an den Verlassenden gefesselt. Sie hat es sich nicht selbst ausgesucht. Sie schreit laut, sie beschimpft mich, sie weint leise und bitterlich. Sie kann nicht schlafen, sie kann nicht stillsitzen, sie atmet schwer. Sie denkt, dass sie sterben will. Oder weiterleben, aber nur mit mir zusammen. Sie ruft meine neue Freundin an und schreit ihr ins Ohr. Sie ruft alle an, die sie kennt, sie redet mit allen, Tag und Nacht, sie versucht, ein Verständnis dessen herbeizureden, was passiert ist, dessen, wie sich alles so schnell und ohne Vorwarnung umkehren konnte. Sie erhält keine Hilfe von mir. Ich will nicht reden, ich traue mich nicht, ich schaffe es nicht. Ich habe mich entschieden, will nur noch weg von dem Leben, das ich gelebt habe und von dem ich plötzlich verstanden habe, dass es nicht auszuhalten war. Ich finde nicht, dass ich ihr eine Erklärung schuldig bin. Ich habe mich schon einer neuen Liebe versprochen, und die neue Liebe, die ich gefunden habe, wird kommen und alles andere wegwischen. Fast alles, nicht meine Tochter, aber ich verzichte auf die Möglichkeit, sie jeden Tag zu sehen. Ich erzähle mir und allen anderen, es gäbe keinen anderen Ausweg, ich wähle die neue Liebe, und so gehe ich aus allem, was gewesen ist.

Alle, die wollen, können Grunde dafür finden, warum sich ein junges Ehepaar trennen muss. Wir waren zu unterschiedlich oder zu ähnlich. Es gab zu wenig oder zu viel Nähe. Wir waren zu jung, um uns selbst und den anderen zu kennen. Wir waren zu empfindlich, und zwar auf unterschiedliche Art, und wir wurden unempfindlich gegen die Art des anderen, empfindlich zu sein. Sie, die ich mittlerweile insgeheim Blinddistel nenne, redet mit allen, die sie kennt, und alle versuchen, ihr bei der Erklärung zu helfen, wie das geschehen konnte. Doch ich bin der einzige, der es ihr erklären kann, und ich weiß nicht, was ich sagen soll. Ich habe einfach nur eine andere kennengelernt, und jetzt will ich lieber die andere haben.

So einfach und so plötzlich, wie wenn ein durchgescheuertes Seil reißt. Aber es war ja kein Seil, und es war nicht einmal durchgescheuert. Es muss Zärtlichkeit zwischen uns gegeben haben, und auch Vertrautheit und Vertrauen. Die Güte, die sich zwei Körper erweisen. Loyalität, und das Versprechen einer gemeinsamen Zukunft. Und trotzdem war all das binnen eines Augenblicks vorbei, und es schien, als wären Vertrauen und Vertrautheit und Güte nie da gewesen. Aber kann man sich eine Güte vorstellen, die nicht anhält? Kann es wirklich Güte gewesen sein, wenn sie nicht anhielt?

Eines Tages rief sie, die so rücksichtslos im Stich gelassen worden war, bei mir an und sagte:

»Ich will dir einfach nur etwas sagen.«

»Jetzt gibt es doch wohl nicht mehr viel zu sagen.«

»Oh doch, es gibt mehr zu sagen, als du ahnst. Aber du willst ja nicht auf mich hören, ich gebe auf. Ich will dir nur eine allerletzte Sache sagen. Und zwar, dass ich dir wünsche, dasselbe eines Tages auch zu erleben. Ich wünsche mir von ganzem Herzen, dass du einmal genau so verlassen werden wirst, wie du mich verlassen hast.«

Das war das letzte, was sie zu sagen hatte. Nicht das letzte, was sie sagte, natürlich, aber das letzte, was zwischen ihr und mir stehenblieb. Noch viele Jahre später konnte ich mir den Satz in Erinnerung rufen, und die Stimme, mit der er ausgesprochen worden war, so voller erregter, zitternder, stoßweiser Luft, aggressive, kränkende und verzweifelte Atemstöße, ich hörte das Keuchen in dem, was sie sagte, sie brauchte alle Luft, die sie in dem Moment hatte, um diese präzise abgewogenen Laute in meine Richtung zu stoßen und mich damit zu treffen. Es war eine Art Drohung, glaubte ich, ein negatives Versprechen, das sie selbst nicht einlösen konnte und von dem sie hoffte, eine andere übernähme es für sie. Ich würde es erleben, ich würde verlassen werden, auch ich, ich würde den einzigen Menschen verlieren, dem ich vertraute, genau wie sie es getan hatte, ich würde dastehen und jemand sein, der nicht mehr gewollt war. Das wünschte sie sich für mich, und es war nicht schwer zu verstehen, warum, nicht einmal für mich.

Ich verdrängte es, ich sagte mir selbst, ich könnte nichts damit anfangen. Aber ich vergaß es nicht. Es kam zurück, mehrmals, noch lange, nachdem sie und ich einander nicht mehr kannten. Es kam zurück wie ein Lied, ein heiserer und böser Gesang, der in meinem Kopf erklang, wenn ich um halb vier in der Frühe erwachte und nicht mehr einschlafen konnte. Doch es gab ja bereits ein Lied, das davon handelte, es gab viele, ich hatte sie gehört und würde sie wieder hören, *further on up the road. Just you wait and see. Someone's gonna hurt you like you hurt me.* Ein Stück weiter die Straße hinauf. Ein Stück weiter im

Leben, in dem Leben, das du jetzt zu leben glaubst. Warte nur. Du glaubst, du würdest davonkommen, aber es erwartet dich. Irgendjemand wird dich verletzen, so wie du mich verletzt hast, das war es, worauf sie hoffte, das war es, was sie mir hatte sagen wollen. *Further up on the road.* Diese Wörter sang sie für mich, in meinem Inneren, noch lange, nachdem sie und ich nicht mehr miteinander sprachen. Aber ich wollte dieses Lied nicht hören, warum sollte ich auch?

Timmy war mit so etwas nicht konfrontiert. Sie machte mit ihrem Freund Schluss, das ging leichter. Wobei, wer kann schon behaupten, dass es leicht wäre, jemanden zu verlassen? Es war schwer, es war kaum zu ertragen, das ist es nie, für niemanden, aber dann ging es doch vorüber. Er weinte, sie weinten beide, sie hatten ein paar quälende Gespräche, und dann war es vorbei.

Einst hatte sie beschlossen, wer sie sein wollte. Sie würde ihren Weg gehen. Sie würde auch anderen auf ihrem Weg helfen und niemals selbst Hilfe benötigen. In den Nächten, als sie noch allein im Bett schlief, wachte sie mitunter auf und dachte darüber nach, wer sie war und wer sie hätte sein können. Sie war mit mir zusammengekommen, und jetzt würde das Leben anfangen, unser Leben, das Leben, das sich ausbreiten und alles andere, was wir getan hatten, überdecken würde. Jeden Abend legten wir uns ins Bett, nackt und eifrig, als wären wir nie mit anderen nackt gewesen.

Wir waren zusammengezogen, erst in die eine Wohnung, dann in eine andere Wohnung, die größer war, und dann in eine dritte, noch größere. Wir kauften ein Bett für uns und eins für meine Tochter, und später kauften wir Betten für die Kinder, die wir zusammen bekamen. Wir kauften Stühle und Tische, wir hängten Bilder auf und verlegten Teppiche und fuhren Auto. Wir bauten uns ein Leben auf, entwickelten Gewohnheiten, es ging wie von selbst. Wir schrieben unsere Namen auf Türschilder und Briefkästen, den einen Namen unter den anderen. Wir gehörten zusammen. Wir hörten dasselbe und verstanden dasselbe, verschlossen vor denselben Dingen die Augen, ahmten die guten Seiten des anderen nach. Mit unbefangenem Optimismus schöpften wir aus dem anderen, und aus dem, was uns die Welt geben konnte. Unsere Schulden wuchsen, aber die Bank hatte eine neue Geschäftspraxis, gute Kunden mussten keine Raten mehr zahlen, sondern nur noch die Zinsen. Die Schulden würden nie sinken, wir zahlten der Bank nur das zurück, was es sie kostete, uns das Geld zu leihen. Vielleicht würden wir den Kredit später abbezahlen, vielleicht aber auch nie, und alles würde immer so weitergehen, die allermeisten verdienten jedes Jahr etwas mehr, und wir würden es ebenfalls tun, die Wirtschaft würde gestärkt, unsere Existenz auch, die Liebe, die Freude und die Verzweiflung, alles. Morgens brachen wir zusammen auf, nachmittags kamen wir zusammen nach Hause, wir saßen am Tisch, gingen über die Böden, lagen im Bett. Unsere Stimmen waren in den Räumen zu hören, immer.

Es gab nur eine Sache, die nie passieren durfte. Ich musste daran denken, hin und wieder, nicht oft, aber in all den Jahren, die wir miteinander lebten, durchzog mich der Gedanke vielleicht zehn oder sogar zwanzig Mal wie eine kalte Schlucht, und jedes Mal lähmte er mich, als wären wir von einem großen Unglück bedroht. *Further on up the road. Someone's gonna hurt you like you hurt me.* Und bei den seltenen, aber gleichwohl bedeutungsvollen Anlässen, wenn ich einen Wunsch frei hatte, an dessen Erfüllung ich nicht glaubte und den ich doch ernst nahm, wie wenn die Kinder und ich gleichzeitig dasselbe Wort gesagt hatten – dann musste ich meinen kleinen Finger mit dem kleinen Finger des Kindes verhaken, und dann durften wir uns etwas wünschen, und diesen Wunsch durfte man nicht laut aussprechen, niemandem gegenüber – wünschte ich mir immer, Timmy und ich würden für immer zusammenhalten, und nichts und niemand käme zwischen uns. Also muss ich doch Angst davor gehabt haben, mehr als vor allem anderen? Ich behielt es für mich, mehr noch, ich hielt es auch vor mir selbst geheim, ließ es nur bei diesen spielerischen Gelegenheiten zu.

Ich lebte, als würde mein Leben vor ihrem Gesicht stattfinden, hatte ich einmal gesagt. Sie war zusammengezuckt, als ich das sagte. Ich war der, mit dem sie aufwachte und einschlief, ich war der, mit dem sie all die langen Gespräche führte, bis sie eines Tages damit aufhörte. Ich kam nachmittags von dem einen oder anderen

Job nach Hause, hatte in den ersten Jahren nur kurzfristige Engagements bei kleineren Zeitungen. Erst saß ich im Büro und schrieb, dann kam ich nach Hause und schrieb am Abend weiter. Es gab immer irgendeinen Artikel, den ich vor mir herschob, etwas, was mir nicht gut gelang, etwas, was ich verbessern musste. Oft stand ich mitten in der Nacht auf, um zu arbeiten, während sie und die Kinder schliefen. Wenn ich sie morgens weckte, war ich schon seit vielen Stunden wach. Sie wurde davon wach, dass ich mich neben sie legte, dass ich mich auf sie legte. Sie wurde von meiner Stimme wach, davon, dass ich über sie redete, über uns, über unsere Liebe, ohne die ich nicht überleben konnte.

Äußerlich veränderte sich unser Leben: wir bekamen Kinder, erst einen kleinen Jungen, dann noch einen. Zwei kleine Jungen, im Abstand von fünf Jahren geboren. Sie fing als Internistin in einem Ärztezentrum an, ich bekam einen festen Job bei einer größeren Zeitung. Damit wurde ich endlich der, der zu sein ich mir immer erhofft hatte, ein Journalist in einer Redaktion, ich hatte meinen eigenen Schreibtisch und meinen eigenen Computer und saß vormittags mit anderen Journalisten und Redakteuren in Besprechungen. Äußerlich ging es mir gut. Ich schrieb Artikel, die von vielen gelesen wurden und mit denen ich mir in manchen Fachkreisen einen Namen machte. Ich übernahm eine leitende Funktion, die ich gut ausfüllte. Doch irgendetwas stimmte nicht mit diesem Beruf, oder mit der Rolle, von der ich glaubte, sie als Journalist einnehmen zu müssen. Eine Weile ging ich immer im Anzug aus dem Haus, in Anzug und Hemd, nicht weil es von mir erwartet wurde, sondern, so hörte ich mich selbst sagen, weil ich eine Art Schutz brauchte. Sowie ich am Nachmittag zurückkam, legte ich die Kleidung ab, die zum Job dazugehörte, um wieder ich selbst zu werden. Und dann, als ich gerade mit unserem jüngeren Sohn in Elternzeit war, begann die Zeitungskrise. Viele meiner Kollegen nahmen Jobs als PR- oder Medienberater an. Wie so viele bekam ich eine Abfindung, und anschließend war ich wieder Freiberufler. Ich blieb weiterhin mit meinem jüngeren Sohn zu Hause, erst als er drei Jahre alt war, suchten wir einen Platz im Kindergarten für ihn, und auch anschließend arbeitete ich von zu Hause aus. Ich schrieb ein Kinderbuch, das veröffentlicht wurde, es lief ziemlich gut, und dann schrieb ich noch eins, und bald hatten Timmy und die Kinder sich daran gewöhnt, dass ich zu Hause war und schrieb.

In dieser Zeit veränderte sich etwas, dachte sie später. Wenn sie von der Arbeit kam, war ich immer da, zusammen mit den Kindern. Es war nicht mehr nur das Zuhause, in das sie zurückkehrte, die Räume waren gewissermaßen auch zu einer Erweiterung meines Innenlebens geworden. Ich und die Kinder waren da. Wir warteten auf sie, ich hatte Essen gemacht und Ordnung gehalten, auf meine penible Art, an die sie sich nie gewöhnen würde. Aber ich interessierte mich auch mehr für sie als früher. Vielleicht aus dem einfachen Grund, dass ich mehr Zeit zum Nachdenken hatte, ich war viel allein und konnte über alles nachdenken. Ich erzählte ihr, dass ich tagsüber darüber nachdenken konnte, wie es den Kindern in der Schule ging und darüber, was sie oder ich am Tag zuvor getan oder gesagt hatten. Und durch all das wurde sie offenbar noch wichtiger für mich. Sie selbst verstand es nicht. Ich wollte mir ihr über alles reden, was sie beschäftigte, alles, was sie dachte. Vielleicht hing das auch mit dem Schreiben zusammen. Ich sagte selbst, dass ich verletzlicher war, weil ich allein war und eine Arbeit hatte, die mir die Möglichkeit gab, in die Tiefe zu gehen. Und vielleicht war es so, dass eine generelle Empfindsamkeit – wenn man überhaupt von einer generellen Empfindsamkeit sprechen konnte – in mir wuchs, weil sie den Raum dazu bekam, jetzt, wo ich alle möglichen Gefühle in mir überwachte, weil ich sie zum Schreiben verwenden konnte, und vielleicht wuchs deshalb auch ihre Bedeutung in mir – weil alles, was mir wichtig war, noch wichtiger wurde als vorher? Sie war davon verwirrt. Es war schmeichelhaft, bewundert zu werden, aber sie hatte immer eine besondere Schwäche für mich gehabt, wenn ich nur selten zu Hause war, wenn ich mit meinen eigenen Sachen beschäftigt war und kaum Zeit dazu hatte, an sie zu denken.

Trotzdem, so sagte ich, sei ich froh über meine Tage zu Hause, ich finge an, wieder ich selbst zu sein. Die Abfindung war im letzten Moment gekommen, denn wenn ich weiter bei der Zeitung gearbeitet hätte, wäre mir die Verbindung zu dem verlorengegangen, was ich an mir am meisten schätzte. Sie hörte mir zu, sie meinte, ich würde robuster dadurch, in einer anderen Umgebung zu arbeiten, zusammen mit anderen. Sie wollte mir ein Gegengewicht geben, eine andere Perspektive. Ihr hatte es gut mit mir gefallen, als ich bei der Zeitung arbeitete, es erinnerte mehr an das Leben, das sie selbst lebte.

Jetzt wollte ich nur noch von ihr hören, wie es ihr ergangen war. Sie arbeitete viel und erreichte nach und nach das, was sie wollte. Sie hatte sich auf ein Fach spezialisiert, danach schrieb sie ihre Doktorarbeit und fing an, für das Gesundheitsamt zu arbeiten, sie wurde Abteilungsleiterin und war verantwortlich für die Forschung über Fragen der Öffentlichen Gesundheit. Wir hätten unterschiedliche Wege eingeschlagen, pflegte sie zu Familie und Freunden zu sagen. Sie verließ ihre Patienten, all die einzigartigen Fälle, Kleinkinder und Rentner und junge Mädchen mit bestimmten und unbestimmten Beschwerden, weil sie auf einem Niveau arbeiten wollte, auf dem sie etwas für die ganze Bevölkerung tun konnte, weil sie die Verhältnisse beeinflussen wollte, die das Leben aller betrafen. Und ich war nur noch zu Hause. Ich schrieb kurze Geschichten über Kinder, die dem Kind ähnlich waren, das ich selbst einmal gewesen war oder hätte sein können: einzigartige Geschichten über besondere Fälle, emotionale Wahrheiten, sonst nichts.

Wir hatten die erste Phase hinter uns – das erste Verliebtsein, als wir teilweise noch meine kleine Tochter bei uns hatten und für den Rest der Zeit ein verliebtes Paar waren, uns selbst überlassen. Lange Vormittage, die wir im Bett verbrachten, uns der Erforschung unserer Körper hingaben. Dann kam die Nestbauphase mit kleinen Kindern, mit Kinderbrei auf den Stühlen und kleinen Kinderklamotten, die zum Trocknen über dem Badewannenrand hingen. Und jetzt waren die Kinder größer geworden, und am Gespräch um den Tisch beteiligten sich mehr Stimmen, und sie und ich waren seltener allein.

Abgesehen von der Nacht, im Bett. Da lebten wir unser geheimes Leben, über das wir nicht mit anderen sprachen, ein dunkler Tunnel, der sich durch unsere Tage zog. Dort draußen, dort oben im Licht, gingen wir unserer Arbeit nach, trafen Freunde, die fast ausnahmslos Kinder im selben Alter hatten. Wir gingen auf Elternabende, machten freitags Großeinkauf, weinten, wenn etwas zu schwierig wurde, verfolgten die Nachrichten, führten fachliche Diskussionen in unseren jeweiligen Arbeitsgebieten. Oder wir fuhren die Kinder zum Sport (sie) und gingen mit ihnen in die Bücherei (ich). Sie fing mit dem Laufen an, und ich übernahm ein Ehrenamt in einer Umweltorganisation. Unsere finanzielle Situation verbesserte sich weiter, und wir füllten unser Familienprogramm so, dass wir wie alle anderen waren. Nachmittage, Wochenenden, Ferien: Wir schmiedeten Pläne und verfolgten sie so gut, wie es ging, packten das Auto und entpackten es wieder, riefen Kinder zum Essen, die in ihrem Zimmer Computerspiele spielten. Unser Leben war so wie das Leben aller anderen, jedenfalls äußerlich betrachtet, und dadurch spürten wir eine Zusammengehörigkeit und Gelassenheit. Doch was uns beide miteinander verband und die Kontinuität in unserem Leben ausmachte, war das verborgene Leben, das nur uns beide etwas anging und das wir unsere Liebe nannten.

Es musste Liebe sein, was sollte es sonst sein? Und es musste eine große Liebe sein, eine ungewöhnlich große und allumfassende Liebe, es musste eine Nähe und eine Gemeinschaft sein, und eine Anziehung zwischen uns beiden, die über das Gewöhnliche hinausging. Sonst wäre es das Ganze nicht wert gewesen, dass ich mich von meinem Kind getrennt hatte, das ich plötzlich nur noch jede zweite Woche sehen durfte – und nicht einmal das die ersten Jahre. Meine Tochter war zwei Jahre alt gewesen, als ich mich in Timmy verliebt hatte. Wie sollte ich diesen Verrat vor mir selbst rechtfertigen, oder vor meiner Tochter, wenn sie erwachsen geworden war, diesen Bruch in unserem Leben, wenn nicht durch eine ungewöhnlich große und alles verändernde Liebe?

Wir hatten keine gemeinsamen Freunde, als wir zusammenkamen. Das haben neue Paare ja meistens nicht. Die Freunde, die ich schon hatte, mussten sich entscheiden, ob sie es akzeptieren wollten, dass ich meine alte Frau verlassen hatte, weil ich eine andere liebte. Dasselbe galt für ihre Freunde. Viele von denen, die ich schon von früher kannte, waren uns gegenüber skeptisch. Der Gedanke, wir hätten zugelassen, dass ein zufälliger Flirt unser Leben zerstörte, lag auf der Hand. Wer hatte nicht schon von Männern – vor allem Männern – oder Frauen gehört, die sich Hals über Kopf verliebten und zerstörten, was sie hatten, und später erleben mussten, dass die neue Beziehung ein Fehler war, eine vorübergehende erotische Verblendung? Aus der Verliebtheit entsteht ja nur in den wenigsten Fällen eine lange Partnerschaft. Ich war ein dreißigjähriger, junger Vater, der sich in die junge Ärztin verliebt hatte, die meine Tochter wegen Halsschmerzen behandelt hatte. Timmy war die junge Ärztin, die sich in den Vater eines kleinen Kindes verliebt hatte, das sie behandelte. Schon bevor ihr Studium beendet war, hatte sie eines der wichtigsten ungeschriebenen Gesetze für jemanden gebrochen, der andere behandelte. Wie sollte da irgendjemand glauben, dass das, was wir miteinander teilten, von Bestand war?

Wir lagen zusammen im Bett, wir waren nackt und verschwitzt, im Raum roch es nach Sex, wir sprachen davon, wie unser Leben werden sollte. Und wir sagten zueinander, dass dies einmal eine gute Geschichte sein würde. Vorläufig war die Verliebtheit eine schlechte Geschichte, vorläufig waren wir nur der unvorsichtige Flirt einiger Frühlingsmonate, der unseren früheren Partnern alles kaputtgemacht gemacht hatte, und meinem Kind und unseren Familien. Nur wir beide glaubten an uns.

Doch wir nahmen die Aufgabe ernst. Wir waren eine schlechte Geschichte, die langsam, geradezu unmerklich, zu einer guten Geschichte wurde, als die Jahre vergingen und unsere Liebe zu der scheinbar einzigen wurde, die je in unserem Leben existiert hatte, jedenfalls für die Kinder, und nach und nach auch für alle anderen. Unsere Liebe war die einzig mögliche, die einzige, die zu ihr und mir passte, so sah es nach ein paar Jahren aus. Und ist es eigentlich überhaupt möglich, mehrere Jahrzehnte lang mit einem anderen Menschen zusammenzuleben, ohne zu glauben, dass er oder sie der einzig Mögliche ist? Wir wussten, dass es auch andere mögliche Leben gab, andere mögliche Partner, vielleicht sogar ein besseres Leben und bessere Partner, auch für uns. Aber wir wollten und konnten das, was wir aufgebaut hatten, nicht zerbrechen lassen, wir wollten nicht wegen einer vorübergehenden Verliebtheit auseinandergehen, wie wir es schon einmal getan hatten. Darüber waren wir uns einig. Wir konnten einander nicht dasselbe antun, was wir unseren früheren Partnern angetan hatten.

Und gleichzeitig würden wir einander frei machen. Schließlich hatten wir schon das Begehren ineinander geweckt, die Neugier und Lebenslust. Wir beide würden den anderen nicht kontrollieren und unfrei machen. Wir wollten keine getrennten Leben führen, sie mit ihren Freundinnen, ich mit irgendwelchen Kumpels. Wir wollten zusammen leben, nicht in einer segregierten Frauen- oder

Männerwelt. Wir wollten unsere gegenseitigen Vertrauten sein, wir wollten die besten und intimsten Gespräche miteinander führen und nicht mit anderen, zufälligen Freunden. Und das gelang uns auch. Es gelang uns, bis unsere Vertrautheit eines Tages dazu führte, dass sie mir etwas anvertraute, was sie besser hätte für sich behalten sollen. Wenn ich nicht von jedem einzelnen Gespräch erfahren hätte, das sie mit ihm führte, den ich Handschuh nannte, was wäre dann aus uns geworden? Dann hätte es ein Flirt werden können, der sich in Ruhe entwickelte, in aller Heimlichkeit, und genauso heimlich wieder beendet wurde.

Doch irgendwo musste es begonnen haben, das, was uns in die Umstände versetzte, die uns auseinanderbringen würden. Es könnte schon ganz am Anfang geschehen sein. Im ersten Sommer, als wir ein Paar waren, als wir Ferien in einer Stadt im Ausland machten. Wir gingen durch die Straßen und konnten die Finger nicht voneinander lassen. Wir lagen in einem Bett und waren zusammen nackt. Die ganze Nacht und fast den ganzen Tag über lagen wir im Bett und verschafften uns gegenseitig Genuss. Wir saßen an einem Tisch, unsere Hände suchten sich auf dem Tisch, unsere Hände fanden sich zwischen Tellern und Gläsern und Tassen. Auch unsere Füße fanden sich, auf dem Boden unter dem Tisch. Unsere Schuhspitzen suchten sich, sie streifte ihren einen Schuh ab und strich mit den Zehen mein Bein hinauf. Sie mochte ihre Füße nicht so gern, damals noch nicht, damals hatte sie sie groß und breit gefunden, mit breiten Zehen und dicken Nägeln, aber sie mochte es, ihre Füße wie Hände zu benutzen, weil sie es so gut konnte. Sie konnte mit ihren Zehen Sachen vom Boden aufheben, und sie kniff mich gern damit. Sie schob ihren nackten Fuß zwischen meine Beine. Sie spürte, dass es etwas in mir bewirkte. Sie bemerkte die roten Flecken an meinem Hals. Wir standen auf und gingen, wir wollten zurück ins Bett, wir mussten nur erst bezahlen. Wir standen gemeinsam am Tresen, und ein junger Mann kam, um uns abzukassieren. Sie sah ihn an, sie erstarrte, alles in ihr verlangsamte sich ein wenig, sie bewegte sich langsam durch die plötzliche Süße der Anziehung. Dem jungen Mann hinter dem Tresen fiel es nicht auf, was ihn nur noch anziehender machte.

Doch sie wusste es selbst nicht. Ihr wurde es erst später bewusst, als ich darüber sprach. Das Begehren hat keinen Blick für sich selbst. Sie machte sich blind für ihren eigenen Blick, und später konnte sie sich nicht erinnern, dass sie ihn angesehen hatte. Sie musste ihn mit dem Körper wahrgenommen haben, musste seine Nähe mit ihrem eigenen, lebenden Körper wahrgenommen haben, der alle Eindrücke in sich aufnahm, so offen und unbeabsichtigt, wie es Körper tun. Außerdem dauerte es nur ein paar Sekunden. Aber ich war verliebt und tastete sie mit meinem Blick ab, und ich hatte gesehen, wie sie zielstrebig wurde und sich blind machte. Sie mache sich mir gegenüber blind, sagte ich, sie könne blind von mir zu einem anderen gehen. Sie war verliebt in mich, wurde in meinen Armen weich und zärtlich, und trotzdem machte sie sich langsam und blind, während sie von ihm angesehen wurde, einem zufälligen Mann.

Ohne selbst darüber nachzudenken. Nicht ehe ich es ansprach, und da erinnerte sie sich wieder, dass ihr irgendetwas an ihm aufgefallen war, was sie gemocht hatte. Wer fühlte sich nicht von jungen, schlaksigen Männern angezogen? Von jemandem, der schöne Hände hat und der auf eine ganz bestimmte Weise groß und mager ist und selbstbewusst und zugleich unsicher, von Schüchternheit befangen, oder von seiner Jugend, oder von etwas anderem. Der ein starkes und zielloses Begehren ausstrahlte, vielleicht war es nicht auf sie gerichtet, aber sie spürte es trotzdem, und sobald sie in die Nähe eines solchen Begehrens gelangte, machte sie sich langsam und sichtbar. Als würde sich etwas in ihr auf ihn einstimmen, als ob sie lauschte, witterte, seine Nähe suchte.

Doch es dauerte nur einen Augenblick. Es durchzuckte sie, und sie bemerkte es nicht, erst später. Und selbst wenn es ihr aufgefallen wäre, hätte sie es wohl gleich wieder vergessen. Zufälliges Begehren durchzuckt alle, schnuppert an allem, besinnt sich eines Besseren und ändert wieder die Richtung. Die Körper drehen sich nacheinander um und wieder voneinander weg. Es passiert die ganze Zeit, wir denken nicht einmal darüber nach, wir vergessen es wieder. Sie war einfach nur offen, sie öffnete sich seinem Charme, sie war einfach nur lebendig. Und ich war offen für alles, was mit ihr passierte. Ich hätte es nicht unbedingt bemerken müssen. Und selbst wenn ich es bemerkt hatte, hätte ich nicht unbedingt darüber sprechen müssen. Ich hätte es verdrängen können, sie in Ruhe lassen. Es gehörte ihr, sie war berührt worden oder wie auch immer sie es nannte. Es war wie eine leichte Schwellung, etwas Vorübergehendes.

Hätte ich es nicht einfach unerwähnt lassen können, dachte ich später.

Doch nein.

Als wir an jenem Sommertag auf die Straße traten, spürte sie meine Hand auf ihrem Rücken. Ein leichter Druck, und auch meine Stimme hatte einen leichten und ziemlich heißen Druck, und ich sagte:

»Mochtest du ihn?«

Und sie fragte:

»Wen?«

Und ich sagte:

»Ihn da drinnen.«

Und sie blickte in mein Gesicht, das rotgefleckt war vor Verliebtheit und Neugier. Und ich sah unbeschwert und glücklich aus, ich fürchtete nichts, und deshalb tat sie es auch nicht. Sie wurde unbeschwert und glücklich, wir hatten einfach nur unseren Spaß zusammen, und sie sagte:

»Er sah schon ziemlich gut aus.«

»Ich konnte es dir ansehen, verstehst du.«

»Wirklich?«

Ich war ihr Freund, wir gehörten zusammen, sie hatte gedacht, jetzt hätte es endlich angefangen, das, was ihr Leben werden würde. Sie würde mit mir zusammenleben. Ich stand da und hielt ihre Hand und sagte, sie habe einen anderen Mann angesehen, oder besser einen Jungen. Ich hätte bemerkt, wie sie kurz erstarrt sei, als sie ihn angesehen habe. Das sei offensichtlich gewesen, sagte ich. Dass er ihr gefallen habe. Sie spürte meine Hand auf ihrer Hüfte. Eine warme Hand, die zur Taille hinaufglitt. Sie spürte, dass ich sie an mich zog. Mein Gesicht kam ganz nah, und ich flüsterte ihr ins Ohr, ich sagte:

»Ich konnte sehen, dass du Lust auf ihn hattest.«

Und sie wurde unruhig, sie dachte, *was ist jetzt los?*, und kurz danach verflog ihre Unruhe wieder. Sie erinnerte sich daran, dass es passiert war, sie hatte seinen Blick auf sich gespürt, und in ihrem Bauch, oder weiter unten, hatte sich eine Wärme ausgebreitet. Und anschließend vergaß sie es und wusste nicht, dass ich es beobachtet hatte. Vielleicht musste sie besser aufpassen, damit es nicht wieder vorkam. Nein, das brauchte sie gar nicht. Es war nicht schlimm, eigentlich war es beinahe einfach nur schön. Ich stand da und flüsterte ihr ins Ohr, meine Stimme war warm, und ich sagte:

»Was hat dir an ihm gefallen?«

Und da sagte sie es mir, ohne nachzudenken. Als spräche sie mit sich selbst vielleicht, und sie sagte:

»Er hatte schöne Hände. Einen ziemlich großen und schlanken Körper. Und die Augen. Er hat mich irgendwie mit einem Lächeln in den Augen angesehen, und da habe ich Lust auf ihn bekommen. Aber es war nur ein Hauch, ein Sekundenbruchteil. Als du es eben gesagt hast, hatte ich es schon wieder vergessen.«

Und ich fragte:

»Aber jetzt erinnerst du dich daran?«

Und sie antwortete:

»Ja, aber ich wusste nicht, dass du es mir ansehen konntest«,

und wir gingen zurück ins Hotel, wir gingen schnell durch die sommerlich heißen Straßen, wir hielten uns in den Armen, um uns geborgen zu fühlen und die Bewegungen unserer Körper zu spüren. Und weil Paare so etwas machen. Und dann, während wir durch die Altstadt mit ihren Brücken und Türmen gingen, sprach ich weiter davon, was ich gesehen hatte. Wie sie sich einem anderen geöffnet hatte, der zufällig da gewesen war. Sie hörte mich darüber sprechen. Sie hörte mich sagen, dass es ein Brennen in mir erzeugte und mich das lebendig machte. Ich sagte gerne solche Sachen. Sie verstand nicht ganz, was es zu bedeuten hatte. Sie bat mich, es ihr zu erklären. Ich sagte, dass ich sie irgendwie deutlicher sehen würde, wenn ich merkte, dass sie sich für einen anderen interessierte. Ich sprach anscheinend gerne darüber, das verstand sie, es machte etwas mit mir. Und dadurch auch mit ihr.

»Es hat mir gefallen, wie du dich ihm geöffnet hast.«

»Ich glaube, er hat es gar nicht bemerkt.«

»Ich glaube, so etwas merkt man immer. Glaubst du nicht auch?«

»Vielleicht ist es so. Ein schöner Gedanke.«

»Er hat dich angesehen und wollte dich haben.«

»Das hat dir gefallen?«

»Ich glaube schon. Es hat etwas mit dir gemacht.«

»Konntest du das sehen?«

»Ja, ich habe gesehen, dass es etwas mit dir macht.«

»Aber was?«

»Vielleicht bist du feucht geworden.«

»Nein, das glaube ich nicht. Hast du das gedacht, dass ich feucht wurde?«

»Ich bin mir sicher.«

»Dann wirst du es auf jeden Fall bald spüren können.«

Wir gingen ins Hotel und standen in dem kleinen Aufzug. Unsere Blicke hielten einander fest. Ich legte die Hand auf ihre Hüfte. Ich zog sie an mich und sah ihr ins Gesicht. Sie wurde von mir gesehen. Sie dachte, dass sie von mir gesehen wurde. Sie dachte, dass sie jetzt so gesehen wurde wie nie zuvor, von niemandem. Es war erregend und zugleich ein bisschen beängstigend. Wir gingen den Gang entlang, fanden unser Zimmer und schlossen die Tür auf. Ich fing an, sie auszuziehen. Sie trug ein Kleid, nein, kein Kleid, nicht an dem Tag, sie trug ein grünes T-Shirt mit einer gelben Hand und weiße Latzhosen und weiße Socken und

Schuhe. Darunter trug sie einen schlichten weißen BH und einen schlichten weißen Slip, und ich zog ihr alles aus. Am liebsten zog sie sich selbst aus, am liebsten drehte sie sich ein wenig weg, wenn sie sich obenherum auszog. Jetzt aber ließ sie sich alles von mir ausziehen. Sie erinnert sich nur noch daran, was sie selbst anhatte, nicht an meine Sachen, obwohl sie mir vermutlich im selben Moment die Kleider vom Leib riss wie ich ihr. Obwohl, nein. Sie sah mir dabei zu, wie ich mich auszog. Ich war groß und dünn und heller als die anderen Körper, die sie gekannt hatte. Und ich wollte so viel von ihr. Ich sah sie an, die ganze Zeit, mein Gesicht leuchtete und drehte sich nach ihr um, wie ein flackerndes Licht, das sucht und sucht, nach etwas Lebendigem in einer großen, unbegreiflichen Dunkelheit.

Sie erinnert sich nicht daran. Viele Jahre bleibt es vergessen, ist ganz und gar weg. Und dann, eines Abends, kommt es zurück. Dass sie und ich in diesem Bett lagen, als wir erst ein halbes Jahr zusammen waren, und ich ihr all die schönen Sachen ins Ohr flüsterte, die sie zusammen mit einem anderen Mann machen könnte. Wer spricht schon so? Fast niemand, glaubten wir. Aber ich sprach so. Ich hatte damit angefangen, und ich konnte nicht wieder aufhören damit. Und ihr gefiel es, es machte etwas mit ihr, was sie gern fühlte.

Es war viele Jahre verschwunden, und dann fing ich wieder damit an: Ich lag neben ihr und flüsterte ihr ins Ohr, was ein anderer mit ihr machen könnte. Sie hörte meine Stimme und berührte sich, und dann kam ich in ihr, und alles stürzte ein, alles in ihr bäumte sich auf und fiel zusammen, das, was hätte sein können, und das, was wirklich war, er, der sie nahm, und ein anderer, der sie hätte nehmen können, als läge sie zwischen mehreren nackten Männern, die sie einfach nur haben wollten. Sie hörte sich selbst schreien. Sie hörte ihre eigene Stimme in dem dunklen Raum, eine jammernde, einsame Stimme. Die Stimme hob sich zur Decke, als würde sie sich selbst rufen.

# 5

»Die Vorstellung, dass wir beide uns begegnet sind.«

»Ja, dass wir beide zusammenfanden.«

»Das ist ziemlich unglaublich.«

»Wir, die so unterschiedlich sind.«

»Und jetzt könnte ich mit keinem anderen zusammen sein als mit dir.«

»Ich auch nicht. Glaubst du, das geht allen so?«

»Nein, ich glaube, wir haben Glück.«

»Aber so ist es wohl immer, wenn man mit jemandem zusammen ist, dass man glaubt, es könnte nie jemand anderen geben, dass wir beide für immer eins bleiben und das Leben nie besser war. Glaubst du nicht, du könntest beim letzten Mal genauso gedacht haben?«

»Nein. Ich habe mich immer gefragt, ob es so bleiben wird, diese ewigen Zweifel, ich habe mich immer gefragt, ob das schon alles war. Vielleicht wird es nie besser, habe ich gedacht, vielleicht muss ich mich einfach daran gewöhnen. Ich habe mich das immerzu gefragt, ich hielt es nicht aus, und trotzdem blieb ich mit ihm zusammen.«

»Jetzt zweifelst du nicht mehr?«

»Nein, nie.«

»Gefällt dir das?«

»Ja, sehr.«

»Gefällt es dir jetzt auch?«

»Und du, zweifelst du nicht?«

»Nein, nie.«

»Jedenfalls nicht so.«

»Aber das habe ich beim letzten Mal auch nicht.«

»Wirklich nicht?«

»Es tat mir nicht gut, es war immer kompliziert. Sie war immer beleidigt oder traurig, und ich musste immer versuchen, sie wieder aufzuheitern. Trotzdem habe ich nicht gezweifelt. Ich dachte, jetzt hat mein Leben endlich angefangen. Aber mit dir geht es mir so unglaublich viel besser. Nur stell dir vor, es wird mit jedem Mal besser? Wenn es zwischen uns aus ist und du mit einem anderen zusammen bist, ginge es dir mit ihm vielleicht sogar noch besser.«

»Mit wem?«

»Mit irgendjemandem. Einem, den du noch nicht getroffen hast.«

»Willst du das denn?«

»Nein, niemals. Ich würde dich aber trotzdem lieben, auch wenn du einen anderen hättest.«

»Das glaube ich nicht.«

»Was sollte die Liebe denn sonst bedeuten? Wenn ich dich wirklich liebe, will ich, dass es dir gut geht. Und wenn es dir mit jemand anderem besser gehen würde, müsste ich dich immer noch genauso sehr lieben, stimmt's? Ich müsste dich dabei unterstützen, wenn du lieber einen anderen hättest. Und ich glaube, das würde ich auch tun.«

»Hör mal.«

»Ja?«

»Kannst du nicht einfach ein bisschen still sein?«

»Ich rede zu viel, ich weiß.«

»Mach bitte einfach weiter. Und sag nichts.«

# 6

Was ist Liebe? Was *ist* Liebe, nein, es nützt nichts. Die Frage ist viel zu allgemein, erstens. Und zweitens? Das hat sie vergessen. Das Wort weist auf ein Gefühl oder auf eine Erfahrung hin, die alle zu kennen glauben, aber es ist zu klein und zugleich auch zu groß. Ein Wort wie *Liebe* umfasst schlicht und ergreifend zu viel. Sie denkt, wer etwas sagen oder schreiben will, müsse sich entscheiden zu glauben, dass jedes Wort auf etwas verweist, das definiert, abgegrenzt und identifizierbar sein müsste. Aber so ist es ja nicht, jedes Wort ist für sich genommen wie eine geöffnete, unbestimmte Hand, deren Finger in viele Richtungen zeigen.

Und dennoch: Was war Liebe für uns? War sie Abhängigkeit oder Zugewinn? War sie, dass ich mich von Timmy abhängig machte, mich in ihren Schatten duckte, mich ihr unterordnete und mich im Licht ihrer Existenz und ihrer Stimmung sonnte? Tat sie dasselbe mit mir?

Wurden wir lediglich voneinander angezogen und wollten in der Nähe des anderen sein, oder wollten wir uns hingeben? So war es für mich, nahm sie an. Ich wollte mich mit ihr teilen, wollte weg von mir selbst, ich konnte nicht die Verantwortung für alles in mir übernehmen, nicht allein.

Sie erinnert sich, dass ich mich auszog, dass ich mich neben sie legte. In dem Moment war ich der liebende, liebesabhängige, liebeshungrige Körper neben ihr, der selbst etwas tun oder mit sich getan haben wollte. Ich war der, der mit ihr zusammen war, der in der Tatsache ruhte, dass sie existierte. Ich lebte vor ihrem Gesicht. Sie erinnert sich, dass ich das gesagt habe. Ich lebte mich in sie hinein, ich versteckte mich in ihrer Existenz, die auch meine eigene war, weil ich mit ihr verheiratet war und mich an sie verschenkt hatte.

Ich benutzte diesen Ausdruck. Nicht zu Beginn, nicht in den ersten Jahren, aber seit ich angefangen hatte, zu Hause zu sitzen, seit ich der war, der auf sie wartete, der, der immer bereit war, sich darin hineinzuversetzen, wer sie war, und in alles, was sie erzählte.

Sie erinnert sich, dass ich zu Hause war, immer, und dass ich am liebsten dort war. In den Zimmern umherging, aufräumte, staubsaugte, die Sachen der Kinder wusch, und ihre und meine, wenn das Wetter gut war, hängte ich die Wäsche im Freien auf, sie sah mich mit großen, weißen Laken, BHs und T-Shirts hinausgehen. Sie sah mich die Wäsche aufhängen, ich streckte mich und befestigte sie mit kleinen Klammern, achtete stets sorgfältig darauf, alles glattzuziehen und so aufzuhängen, dass es nicht knitterte. Wenn die Sachen trocken waren, nahm ich sie ab, um sie ordentlich zusammenzulegen, mir gefiel es, wie eine Hausfrau in den 1960ern herumzugehen, um mir selbst zu entkommen. Sie nannte mich *Frauchen,* sie sagte *unser Frauchen,* weil sie wusste, dass es mir gefiel. Und allmählich gefiel es ihr auch. Als ich einmal verreisen musste, sagte sie, *was soll denn jetzt aus mir werden, ich schaffe das nicht ohne dich, ohne Hilfe, wir brauchen noch ein Frauchen.* Da lächelte ich sie glücklich an, sie erinnert sich an dieses Lächeln. Sie erinnert sich, dass ich den Geruch der Wäsche mochte, die in der frischen Luft getrocknet war. Sie denkt an mich, aber nicht so oft, schon lange, nachdem sie und ich einander nicht mehr kennen, erinnert sie sich, wie ich reglos auf einem Stuhl saß und sie ansah. Sie erinnert sich, dass ich Risotto mit Roten Beeten zubereitete, dass ich am Küchenfenster stand, Essen machte, Musik hörte. Sie steht auf und geht durch die Räume, beschäftigt sich mit etwas anderem und vergisst alles, was gewesen ist.

Sie erinnert sich, dass ich, wenn ich einmal nicht zu Hause war, immer nach Hause unterwegs war. Ich kam nach Hause und öffnete die Tür und sagte *Hier bin ich.* Endlich, ich war mein ganzes Leben lang gereist, um hier anzukommen. Früher war ich dort gewesen, wo sie nicht war, immer, und sie konnte sich nicht vorstellen, wie sie das ausgehalten hatte, aber jetzt war ich der, der mit ihr zusammenwohnte. Wenn sie nicht zu Hause war, wusste ich, dass auch sie nach Hause unterwegs war und bald kommen würde. Daran erinnert sie sich, daran denkt sie mitunter, und dann erinnert sie sich nicht mehr.

Aber war Liebe nicht auch, den Körper eines anderen zu benutzen, seine Zärtlichkeit und seinen Hunger? Und war sie nicht auch, dass ein anderer den eigenen Körper benutzte, die eigene Zärtlichkeit und Verzweiflung, den Hunger, das Glück? War sie nicht auch, sich zur Verfügung zu stellen, sich ausziehen und anfassen und ansehen zu lassen, und der zu sein, der sehen soll, und der zu sein, der den anderen auszieht?

Doch, und ich legte mich auf sie. Ich packte ihre Handgelenke, ziemlich fest. Das gefiel ihr, oder war ich es, dem es gefiel, ja, das muss ich gewesen sein. Ich brauchte alles, was uns zu etwas anderem machte als dem, was gewöhnlich schien, was schon verstanden und interpretiert worden war, was sich nicht mehr erforschen ließ. Ich wollte immer etwas anderes. Ich hob ihre Arme über ihren Kopf und hielt mit einer Hand ihre Hände fest. Jetzt lag sie mit den Armen über dem Kopf, als wäre sie gefesselt. Meine andere Hand war frei, um ihr Kinn festzuhalten oder sie leicht zu ohrfeigen. Erst sanft, dann etwas härter. Wenn ich das tat, wurde sie ganz weich und wimmerte. Sie hoffte, dass ich nicht aufhören würde, noch nicht. Ich zog an ihren Haaren, sie spürte, wie ich ihren Kopf zur

Seite drehte, ich legte sie zurecht. Sie spürte, wie ich die Hand auf eine ihrer runden, weißen, weichen Brüste legte, sie zerflossen so schön, wenn sie auf dem Rücken lag, ihr selbst gefiel das nicht, aber sie wusste, dass es mich schwach machte. Ich war schwach, zärtlich, verliebt und empfänglich für fast alles an ihr, sie kam sich verwöhnt vor. Ich machte mich schwach für alles an ihr, und sie wusste es, erst wunderte sie sich darüber, dann war sie nicht mehr verwundert. Ich hatte mich ihr hingegeben. Ihr aber gefiel es am besten, wenn ich zu einem wurde, dem sie sich hingeben konnte, der sich nicht so leicht selbst aufgab. Und jetzt tat ich es, ich packte sie fest an den Oberschenkeln, um ihre Beine auseinanderzuschieben. Ich machte sie mir gefügig. Ich schob mich in sie hinein, bald lag sie da und ließ sich von mir nehmen, sie hatte darauf gewartet. Lange war ich der Meinung, das würde sie viel zu weiblich machen oder mich viel zu männlich. Ich hatte eine solche Angst davor, typisch und gewöhnlich zu sein, immer, wie ein Mann, der sich nur einen schnellen Samenerguss verschaffen will. Das mit uns beiden musste etwas anderes sein als bei allen anderen, hörte sie mich sagen. Sie wusste, dass ich jedes Mal daran dachte, wenn ich wieder und wieder in sie hineinstieß. Sollte das hier wirklich alles sein? Ich wollte neben ihr liegen und ihr ins Ohr flüstern, bis sie kam. Aber dann wollte sie mich auf sich haben, und schließlich wollte ich es auch. Es gab kein Entkommen, nicht einmal für uns, wir endeten an diesem Punkt, ich lag auf ihr, immer endeten wir dort, obwohl wir erst alles mögliche Andere machten, wir hielten uns, fesselten uns, leckten uns, erfanden füreinander Geschichten, und ich sagte *Ich will, dass du alles bekommst, und alle, alles und alle, auf die du irgendwann einmal Lust hast.* Und trotzdem endete es damit, dass ich auf ihr lag und sie nahm und sie unter mir lag und sich nehmen ließ. War ich dann doch nur ein gewöhnlicher Mann, und war sie doch nur eine gewöhnliche Frau, trotz allem?

Ich sagte, ich wolle sie zusammen mit einem anderen sehen, ich wollte sie deutlicher sehen, so wie sie war, wenn sie nicht mit mir zusammen war, ich wollte sie das tun sehen, was sie mit mir nicht tun konnte. Sie fragte:

»Wer sollte das sein?«

Und ich antwortete:

»Du musst dir einen suchen, der dir gefällt. Vielleicht finden wir im Internet jemanden.«

Und sie sagte:

»Nein, dann müssen wir erst mit ihm Kaffee trinken gehen, darauf habe ich keine Lust. Einen treffen, der sich ein neues blaues Hemd gekauft hat, der sich schick gemacht hat, damit er mit mir ins Bett kann, und dann mit ihm nach Hause in eine fremde Wohnung gehen, das will ich nicht.«

Und ich sagte:

»Dann musst du selbst einen finden.«

Und sie sagte:

»Und was ist, wenn ich mich in ihn verliebe?«

Und ich sagte:

»Das halten wir schon aus. Dadurch wird es nur intensiver, ich habe Lust zu sehen, wie du die Finger nicht von ihm lassen kannst, und dass du nicht mich haben willst, nicht einmal daran denkst, dass ich da bin.«

Und sie sagte:

»Aber wärst du dann gar nicht eifersüchtig?«

Und ich sagte:

»Doch, ganz sicher, aber das ist ja gerade so erregend, ich glaube, mir gefällt der Gedanke, dass ich weggestoßen werde, außen vor bin. Dann werde ich dich nur noch mehr lieben.«

Und sie sagte:

»Hoffen wir mal, aber ich weiß nicht, ob ich mich das traue.«

Und ich sagte:

»Da bin ich mir sicher, ich weiß doch, wie du andere ansiehst, deshalb kann ich nicht damit aufhören. Ich muss sehen, was passiert, sonst fürchte ich mich irgendwann nur noch davor, und das will ich nicht. Ich will sehen, wie du sein Hemd aufknöpfst, seine Hose, ich will sehen, wie er aus seinen Sachen steigt und mit dir nackt ist.«

Und sie sagte:

»Aber danach, was machen wir dann?«

»Danach will ich ihn küssen und ihn schmecken, ich will alles an ihm ablecken, was in dir gewesen ist. Ich will, dass du siehst, wie ich ihn in den Mund nehme.«

»Und was soll ich währenddessen tun?«

»Ich will, dass du am anderen Ende des Raums sitzt, ich will, dass du die Lampe neben dir ausknipst und so tust, als würdest du dir einen Film ansehen.«

So sagte ich, und sie sagte:

»Komm, leg dich auf mich.«

Und ich tat es, und nur wir beide waren im Raum, und danach schwiegen wir lange.

Aber die Liebe war wohl auch ein Austausch von Macht? Dass wir liebevoll miteinander umgingen, war wohl auch eine Methode zur Verteilung von Zärtlichkeit? Und setzte Zärtlichkeit nicht voraus, dass der eine die Kontrolle über den anderen übernahm? Musste sich der eine nicht immer dem anderen unterwerfen, und sei es auch nur für ein paar Sekunden? Doch, doch, so war es, das sagte ich, und sie sagte es auch, daran glaubten wir. Das galt für jeden beliebigen Kuss, für jede Umarmung, für jeden Beischlaf: Entweder war sie es, die geküsst, umarmt, angefasst wurde, oder sie war es, die all das mit mir tat. Mir gefiel der Gedanke, dass wir uns austauschten, das wusste sie. Und das taten wir wohl auch, so muss es gewesen sein. Es muss einen Austausch von Zärtlichkeit und Unterwerfung zwischen uns gegeben haben, Augenblicke oder Phasen, in denen wir nie ganz genau wussten, wer sich um wen kümmerte, um wen sich gekümmert wurde. War es nicht so?

Sie weiß es nicht mehr.

Aber geht es bei der Liebe zwischen erwachsenen Menschen nicht auch um die Furcht davor, allein zu leben, darum, seiner eigenen Gesellschaft zu entkommen, beinahe um jeden Preis? Jemanden zu finden, zu dem man nach Hause kommen kann, auf den man wartet und Rücksicht nimmt, in den man hineinhorcht, der einen sanft korrigiert? Das Gesicht eines Menschen zu sehen, der vielleicht weiß, wer du bist oder wer du nicht bist? Eines Menschen, der sagen kann *Sei jetzt still, komm her, leg dich zu mir.*

Geht es nur darum, in einem Bett zu schlafen? Miteinander zu essen, zu sitzen, zu schlafen, zu reden, einen Film zu sehen, sich gemeinsam von allen anderen abzuwenden? Wieder und wieder in einem Bett zu schlafen, sich nackt hinzulegen und in den Armen eines anderen zu erwachen, der auch nackt ist? Und ging es nicht darum, jedenfalls, wenn wir außergewöhnlich glücklich waren – und das waren wir ja, wir beide, das glaubten wir –, ging es nicht vor allem darum, alles vom anderen haben zu wollen? Alles, absolut alles. Wollten wir das? Für mich sei sie jemand, auf dem ich aufpassen würde, dem gegenüber ich loyal sei, mit der ich meine Wahnvorstellungen teilte, sagte ich. Es gefiel mir, so zu reden, und für sie war ich jemand, der immer da war, vielleicht, sie weiß es nicht mehr. Aber wollten wir wirklich alles voneinander haben? War die Liebe zwischen uns nicht eigentlich ziemlich konventionell? War sie nicht eine Entscheidung, allen anderen zu ähneln, so zu leben wie alle anderen um uns herum, sich ein Leben mit Ehepartner und Kindern aufzubauen? Sich Zugang zu Fürsorge zu verschaffen, auf fester Basis, zu Gesellschaft am Abend, zu Sex in der Nacht und einer etwas besseren finanziellen Situation?

Doch, doch, genauso war es.

Und damit war die Liebe auch, und das wissen wir jetzt, mit allem, was wir wollten, zu scheitern.

Ich war der Mann, in den sie sich vor vielen Jahren verliebt hatte. Der Mann mit den zerknitterten Hemden, mit der spitzen Nase, mit dem gekränkten Blick. Ich war der, mit dem sie Kinder bekommen hatte, der weinte, wenn sich die Kinder wehtaten, der es mit den Mahlzeiten immer so genau nahm, was wir aßen und wann wir aßen und wo. Der ihr jedes Mal mit dem Blick folgte, wenn sie durch den Raum ging, voller Bewunderung, einfach nur, weil es sie gab. Sie erinnert sich daran, wie ich sagte *Du kannst machen, was du willst, ich werde dich trotzdem lieben.* Und sie erinnert sich, dass ich es eines Tages nicht mehr sagen konnte. Dieser Augenblick war mit einer merkwürdigen Erleichterung verbunden. Alles brach für sie zusammen, genauso, wie sie es sich nie hätte vorstellen können.

Und jetzt war es Morgen. Es war Frühling, Ende Mai, ein Samstag. Ich saß draußen auf der Treppe und las, die Kinder kamen und gingen, waren mit ihren Dingen beschäftigt. Wie immer, so kam es ihr vor, wenn sie an dieses Jahr zurückdachte, und an das Jahr darauf. Sie trat aus dem Haus, sie sah mich dort sitzen. Sie wollte mir die Hand auf den Nacken legen und wollte es doch nicht. Sie verstand nicht, warum. Ich hatte einen ziemlich schmalen Nacken, weiß wie der eines Kindes, und saß oft mit gebeugtem Hals über einem Buch. Ich hielt das Buch direkt über den Knien und stützte mich mit den Ellenbogen auf den Oberschenkeln ab. Ich saß und las mit offenem Mund, ich sah in die Luft und bewegte die Lippen, ich notierte mir etwas auf einen Zettel. Sie wollte sich neben mich setzen und mir den Arm auf den Rücken legen, doch sie konnte es nicht. Sie ging an mir vorbei und lief die vier Stufen hinunter, sie stand auf dem Kies und drehte sich zu mir um und wusste nicht, was sie sagen sollte.

»Gehst du laufen?«

Sie nickte, sie hatte eine Verabredung, sie fand, sie müsste es sagen, aber sie wusste nicht, wie ihre Stimme klingen würde, wenn sie es aussprach. Und dann fand sie einen Weg. Sie tat niedlich, so wie sie glaubte, es würde mir gefallen. Legte den Kopf schief, wie es Partner manchmal im Beisein des anderen tun, ohne darüber nachzudenken, und sagte:

»Ich habe eine Einladung bekommen.«

»Zu was?«

»Zum Laufen.«

»Von wem? Von ihm?«

»Ja.«

»Warst du nicht gestern schon mit ihm laufen?«

»Ja, aber da bin ich ihm zufällig begegnet.«

»Und jetzt hat er dir eine Nachricht geschrieben?«

»Ja.«

Sie lachte, und da lachte ich auch. Ein bisschen lustig war es schon. Und im Grunde harmlos. Sie hätte mich gern in den Arm genommen, aber sie konnte es nicht, nicht jetzt. Sie trat einen Schritt vor und strich mir über die Wange, und ich fragte:

»Ist er nicht verheiratet?«

»Doch. Aber wir gehen ja auch nur zusammen laufen.«

»Aber du findest ihn gut?«

»Er ist ziemlich trainiert.«

Wir sahen uns an. Es war ein Scherz, eine Art Spiel, sie wusste, dass ich abends wieder darauf zurückkommen würde, wenn wir im Bett lagen. Sie sah mich an und sagte:

»Es ist wirklich harmlos.«

»Ich finde es gut.«

»Was?«

»Dass du mit ihm laufen gehst. Es kann doch nicht sein, dass du nicht mit ihm laufen gehen kannst, nur weil er ein Mann ist? So sind wir doch nicht.«

»Nein, so sind wir nicht.«

»Außerdem mag ich den Gedanken, dass du ihn gut findest.«

»Ich meinte aber nicht gut in dem Sinne.«

»Wirklich nicht?«

»Ich weiß es nicht.«

Sie musste sich absichern. Und ich sagte:

»Ich glaube, du wirst rot.«

»Werde ich nicht.«

Ich lächelte sie an, und sie wusste nicht, wie sie mich verstehen sollte. War es nur ein Spiel, irgendetwas, das ich mir ausdachte, damit wir gemeinsam phantasieren konnten, wenn sie nach Hause kam? Die Sonne brannte, sie spürte, wie ihr Rücken und Nacken warm wurden, und ihr Gesicht.

»Ich werde rot, weil du sagst, ich würde rot werden.«

»Es steht dir gut. Verlegen zu sein.«

»Verlegen?«

»Ja, so heißt das.«

»Ich muss jetzt los.«

»Ja.«

»Ich weiß nicht genau, wann ich zurückkomme.«

»Ich werde hier sein.«

»Es ist nur, weil er mir eine neue Strecke zeigen will, die vielleicht ein bisschen länger ist.«

»Dann pass auf dich auf.«

»Wie, aufpassen?«

»Wenn du läufst.«

»Ich habe mein Handy nicht mitgenommen. Es stört mich immer so beim Laufen.«

Sie fühlte sich frei. Das war etwas, was wir füreinander taten, immer alles zu unterstützen, was der andere wollte, und es passte ja auch zu allem, was ich ihr sagte, wenn wir zusammen nackt waren. Dass sie tun konnte, was sie wollte. Dass sie frei sein musste, weil es zu ihr passte. Dass sie vielleicht eines Tages Lust auf einen anderen Mann haben würde und sie dann auch mit ihm tun könnte, was sie wollte, und anschließend nach Hause kommen und mir davon erzählen würde. Dabei wollte sie gar nicht tun, was sie wollte, dachte sie, nicht alles. Zum Beispiel wollte sie mir nicht untreu sein. Sie wollte ihr Leben genauso haben, wie es war. Sie dachte, dass sie auf sich aufpassen musste, und auf mich, damit ich nicht traurig wäre, damit nichts zwischen uns kaputtginge.

Nein, das dachte sie nicht. Jetzt nicht mehr.

Schon am frühen Morgen hatte sie eine Nachricht erhalten. Sie hatte es vorausgeahnt, und tatsächlich hörte sie ein gedämpftes Pling aus dem Telefon, und die Mitteilung kam von einer unbekannten Nummer, und als sie seinen Namen darunter las, spürte sie ihren Körper im Raum, spürte die Silhouette ihrer selbst, das Gewicht, ihre Existenz, wie sich die Luft von außen auf ihre Haut legte und was für einen großen Raum die Luft in ihrem Körper einnahm, wenn sie sie einatmete und langsam wieder hinausblies. Die Nachricht war ziemlich kurz, er fragte *Kommst du mit auf eine Laufrunde?* Er wolle etwas länger laufen als beim letzten Mal, schrieb er.

Und sie tippte zurück: *Ja, das passt. Jetzt gleich?* Und er hatte geantwortet, fast umgehend: *Perfekt.* Sie hatte sich umgezogen, und dann war sie hinausgegangen, um mit mir zu sprechen, und jetzt war sie schon unterwegs, um ihn zu treffen. Sie schloss das Tor hinter sich und lief los.

Sie blieb den ganzen Tag weg. Als sie zurückkam, war sie von ihren Erlebnissen erfüllt, aber sie verbat es sich, daran zu denken. Es war einfach nur schön gewesen, und harmlos, und jetzt kehrte sie wieder in ihr normales Leben zurück. Mittlerweile war es Nachmittag, ein Nachmittag im Leben der Familie. Ich hatte mit den Kindern zusammen Pizza gebacken. Wir waren gerade mit dem Essen fertig geworden, als sie hereinkam. Sie schilderte mir, wie es gewesen war, und sie spürte, dass ihr das Reden leichtfiel. Sie konnte mir lebendig die Landschaft schildern und wie weit sie gelaufen war. Dann ging sie unter die Dusche, stand für sich allein unter dem heißen Wasser. Als sie wiederkam, war die Küche aufgeräumt. Die Kinder waren in ihren Zimmern verschwunden, und ich hielt mich draußen im Garten auf. Sie sah mich durch das Fenster, ich ging mit gebeugtem Kopf hin und her, sie hörte, dass ich den Rasen mähte.

Sie dachte, *Was passiert als Nächstes,* und dann dachte sie nichts mehr, sie konnte nicht denken, nicht daran. Sie trat in den Garten, wo ich gerade mit der Arbeit fertiggeworden war. Ich stand in einem alten T-Shirt und einer abgeschnittenen Jeans da, und meine Schuhe hatten grüne Flecken. Ich war immer noch der, den sie gut kannte, ich ging mit hochgezogenen Schultern über den Rasen auf sie zu, und plötzlich wirkte ich so klein, so ängstlich. Aber ich wollte nicht, dass sie es sah, das konnte sie sehen. Sie sah es und wurde davon berührt. Wie aus der Ferne berührt, wie wenn man in einer Serie oder einem Film jemanden sieht, der einem leidtut. Und dann kam es noch stärker in ihr auf, dieses andere, an das sie nicht denken konnte. Er wollte etwas von ihr, dieser Gedanke stieg langsam in ihrem Körper auf, wie Wasser, wie schwarzes Wasser in einem Haus, in dem alle schlafen, dachte sie, plötzlich voller Energie.

Sie legte die Hände auf meine Schultern. Ich betrachtete sie mit einem Gesicht, das gefleckt aussah, verletzlich und aufdringlich. Meine Knochen traten unter der Haut zum Vorschein, der dünne Nasenrücken stach zwischen den Wangenknochen hervor wie ein Schnabel. An der Schläfe hatte ich eine kleine Einbuchtung im Schädel, die ihr vorher nicht aufgefallen war. Meine Augenhöhlen waren tiefer, als sie es in Erinnerung hatte. Meine blauen, starrenden Augen wuchsen, wurden mit jedem Jahr größer. Sie holte tief Luft und sagte:

»Hallo, Liebster, geht es dir gut?«

Und mehr bedurfte es nicht, damit es vorüberging, die Farbe kehrte in mein Gesicht zurück, und ich wirkte nicht mehr so ängstlich. Ich richtete mich auf und ließ mir nichts anmerken. Sie beugte sich vor, legte ihr Gesicht an meine Schulter und spürte meine Arme auf ihrem Rücken. Sie küsste die nackte Haut auf meinen Oberarmen und dachte an ihn, an seine Haut, wie sie sich an ihrer eigenen Haut anfühlen würde, unter ihrer Hand, an ihrem Mund.

Kurz darauf saßen wir draußen im Garten am Tisch, sie und ich, und sie erzählte, sie sei in einem Teil des Waldes gewesen, von dessen Existenz sie nichts geahnt hätte. Urwald, vollkommen unberührt. Sie seien auf dem weichen, federnden Moos gelaufen, unter mehreren hundert Jahre alten Kiefern entlang. Sie erzählte, worüber sie gesprochen hätten, dass er sie in ein Forschungsprojekt einbinden wolle, das seine Abteilung anstoßen würde. Sie fühlte sich geschmeichelt. Eigentlich hatte sie keine Zeit dafür, und sie wusste nicht, ob ihr Arbeitgeber es ihr überhaupt erlauben würde. Außerdem hatte sie Angst davor, an einem Projekt mitzuwirken, das vom Ministerium ausging, denn es gab Vorschriften, die eine Zusammenarbeit zwischen den verschiedenen Einrichtungen erschwerten.

Doch er hatte nicht lockergelassen, er hatte so wohlwollend über sie gesprochen, er wollte ihr weiterhelfen. Sie glaubte, dass er auch etwas anderes wollte. Doch vielleicht täuschte sie sich, sie wusste es nicht, sie war es von anderen Männern nicht gewohnt, dass sie ihrem Blick so lange standhielten, wie er es tat. Das gefiel ihr. Sie hatte seinem Blick auch standgehalten, als würden sie einander herausfordern. Sie hatten sich in die Augen gesehen, ein bisschen zu lange.

Das erzählte sie mir, und sie hörte es sich selbst sagen,

hörte ihre eigene Stimme, als würde sie unter fließendem Wasser stehen und sprechen. Das Rauschen des Bluts in ihren Ohren glich dem Rauschen von Wasser, von Wind, von Stimmen in einem Raum voller Menschen, in dem sie nicht war.

Am Abend saßen wir im Garten. Die Baumkronen über uns wurden dunkler, saugten sich mit der Dunkelheit voll wie Kleidung mit Wasser. Der Himmel war noch immer hell, türkis und weiß und grün und dunkelblau, verwüstet vom Sonnenuntergang. Wir saßen in einem offenen Raum, alles über uns war erleuchtet, während sich die diffuse Sommerdunkelheit um unsere Füße herum, unter dem Tisch, im Gras, allmählich verdichtete. Ich entzündete Kerzen. Mein Gesicht flammte auf, als ich mich mit dem Streichholz in der Hand über den Tisch beugte.

Sie holte ihren Laptop und zeigte mir ein Bild von ihm im Internet. Ich war ein wenig enttäuscht, das konnte sie sehen. Oder zumindest war ich deutlich überrascht. Ich sah, dass er wie ein gewöhnlicher Mann aussah. Er wirkte alt, obwohl er jünger war als sie. Wie ein erwachsener Mann aus den Sechzigerjahren, eitel und verklemmt, mit Bügelfalte. Noch dazu trug er ein hässliches Hemd. So hörte sie mich über ihn sprechen, ich war aufgekratzt und glücklich und merkte nicht, dass es ihr naheging. Aber so war es, das spürte sie, sie fühlte sich in seinem Namen verletzt. Normalerweise hatten wir dieselbe Meinung von Menschen, die wir trafen, aber dies hier war natürlich etwas anderes. Sie wollte nicht, dass ich weitersprach. Sie wollte von ihm erzählen, um sich selbst reden zu hören, um zu hören, was sie selbst über ihn sagen würde. Sie verstand nicht, wer er war, ehe sie mit mir über ihn redete, und sie wollte nicht, dass ich etwas erwiderte.

Doch er war nicht der Typ Mann, den ich mir vorgestellt hatte. Ich hatte gedacht, wenn sie mit einem anderen Mann flirten würde, dann wäre er attraktiv und geheimnisvoll, weniger robust, eher androgyn. Ein Mann, wie ich ihn auch gemocht hätte, ein Mann, dem auch ich erliegen könnte.

»Er ist Skilehrer.«

»Ja, das hast du schon erzählt.«

»Er ist auch Tanzlehrer und Kletterlehrer. Er ist Mitglied in einem Schützenverein und will mir das Schießen beibringen. Er war sogar mal Reitlehrer.«

»Und er will dir das Reiten beibringen?«

»Ja, und wie du weißt, ist er auch Läufer. Wir teilen dieselben Interessen.«

»Ist er wirklich Reitlehrer?«

»Das ist jetzt lange her. Aber er hat immer noch ein eigenes Pferd.«

Sie war stolz auf ihn, so wie Eltern auf ihre Kinder stolz sind, nein, so wie alle, die sich verlieben, allen anderen von den phantastischen Eigenschaften desjenigen erzählen müssen, der nun einen Platz in ihrem Leben eingenommen hat. Sie wollte mir von ihm erzählen, schließlich war ich derjenige, dem sie sich immer anvertraute. Und jetzt versuchte ich hinterherzukommen, das spürte sie. Ich wollte ihn so sehen, wie sie ihn sah, ich wollte so sein wie sie, wollte das empfinden, was sie für ihn empfand. Und ich sagte:

»Ich verstehe nicht ganz, was dir eigentlich an ihm gefällt.«

»Sein Körper. Ich habe Lust, ihn anzufassen.«

»Wo?«

Ich beugte mich vor, sie spürte meine Hand auf ihrem Knie.

»Wo am Körper?«

»An den Armen, am Hals. Ich weiß nicht, vielleicht auch unten am Bauch. Weißt du, er ist ziemlich muskulös. Ich bekomme Lust, meine Hand in seinen Hosenbund zu schieben und die Haut direkt unter seinem Bauch zu berühren. Und während ich es tue, bekomme ich Lust, ihn zu küssen.«

Sie sprach wie im Schlaf, sie war wie betäubt davon, sich das selbst sagen zu hören.

»Ist es schwierig für dich, wenn ich so rede?«

»Nein, gar nicht. Es ist schön.«

»Findest du das wirklich?«

»Ja, es ist schön für mich, dir zuzuhören. Erregend.«

»Ich will das ja gar nicht machen, nicht in echt. Das weißt du aber, oder?«

»Aber vielleicht wirst du es trotzdem tun.«

»Das kann ich doch nicht. Will ich auch nicht.«

»Bist du sicher? Hätten wir beide nicht trotzdem genug Raum in all dem, wo es uns doch so gut zusammen geht?«

Da saß ich, ihr Mann. Mehrmals am Tag sagte ich, dass ich sie liebte, aber ich sagte auch immer wieder, dass sie frei sein solle, dass ihr Leben im Hier und Jetzt stattfinde, und dass sie lebendig sein müsse. Es war ein Sommerabend, bald Nacht. Unser Leben, all das, was wir teilten, war mit keinem anderen Leben vergleichbar, dessen waren wir uns sicher. Und dies war das einzig mögliche Leben für mich, das sagte ich oft. Große Worte, dachte sie, und gleichzeitig ruhte sie in ihnen. Sie ruhte darin, dass ich immer da war, dass sich mein Gesicht immer zu ihr wandte, leuchtend, wie eine weiße, deformierte Blume. Die Leute, die draußen vorm Garten vorbeigingen, konnten unsere Stimmen hören, aber niemand konnte verstehen, was wir zueinander sagten. Wir sahen aus wie jedes Paar, dem es gut geht, das auf eine vertraute und intime Weise über etwas spricht, über das man nicht mit anderen sprechen kann. Sie richtete sich auf ihrem Stuhl auf und versuchte sich dem zu entziehen, womit ich sie nun den ganzen Nachmittag gequält hatte, sie sagte:

»Ich kann nicht wissen, ob er mich mag.«

»Doch, ganz bestimmt.«

»Ich kann das nicht so ganz glauben.«

»Es liegt doch auf der Hand, dass er dich mag.«

»Wie willst du das wissen?«

»Du magst ihn, und sowas beruht fast immer auf Gegenseitigkeit. Ihr habt euch unterhalten und euch Mails geschrieben. Er hat dich gefragt, ob du zum Laufen mitkommst, und ihr seid schon zweimal zusammen unterwegs gewesen. Du sagst, dass er deinem Blick standhält und du seinem. Das sind deutliche Zeichen, das hörst du doch wohl selbst.«

Jetzt fühlte ich mich wieder sicher, wie immer, wenn ich zu Hause war, wenn wir uns am selben Ort befanden. Ich beugte mich zu ihr vor, ich sagte, es sei harmlos, und wenn sie einmal Lust auf einen anderen hätte, zum Beispiel ihn, sollte sie der Lust nachgeben, etwas daraus machen. Ich sagte, das würde uns beiden gut stehen. Ich breitete die Arme zu einer Geste aus, die den Garten einbezog, oder nicht den Garten, sondern die Häuser der Nachbarschaft. Ich wollte so gern ein andersartiges Leben führen. Ich hätte alles getan, oder jedenfalls fast alles, um kein gewöhnlicher Mann mehr zu sein, in einer Welt, die sich selbst bis ins Unendliche reproduzierte, wo alle allen ähnlich waren und das Leben vorbestimmt schien. Ein so fades, kleines Leben, ich hielt den Gedanken nicht aus, mich selbst oder sie so zu sehen, das sagte ich oft. Und sie sagte, sie wisse das. Es gefiel ihr, auch wenn sie es nicht ganz begriff, nicht begriff, was es bedeutete.

Ich sagte – was sagte ich? – irgendetwas darüber, dass sie dem nachgehen solle, was in ihr am lebendigsten sei. Jeder andere wäre eifersüchtig geworden, hätte eine Szene gemacht, wäre wütend auf einen Mann gewesen, der sich so schamlos an die Frau eines anderen heranmachte. Ich dagegen bekam gute Laune, so schien es, ich wurde ganz eifrig, ich wollte wissen, was er mit ihr machte. Jetzt, wo sie wieder zu Hause war, jetzt, wo wir beide zusammen waren, gab es keine Grenzen mehr dafür, was passieren konnte. Ich sagte, dass die Kultur, in der wir lebten, so etwas Männern schließlich immer schon ermöglicht habe. Wie normal es gewesen sei, dass Männer Geliebte gehabt, lange außereheliche Beziehungen geführt hätten. Das sei der Grund, warum Simone de Beauvoir nicht hatte heiraten wollen, aus Angst davor, bei einem Mann zu enden, der so lebte wie ihr Vater. Frau und Kind in einem Haus, die Geliebte in einem anderen, so sei er hin und her gegangen, zwischen dem einen Leben und dem anderen. So habe es sich die männliche Sexualität über Jahrhunderte eingerichtet. Das sei aber doch kein Grund zu glauben, die weibliche Sexualität sei anders oder schwächer, warum könne man den Spieß nicht umdrehen? Denk nur an Vanessa Bell, denk an Iris Murdoch, sagte ich, beide hatten Verhältnisse mit anderen Männern, ganz offen, um Heuchlerei und Lügen zu vermeiden, und viele andere auch. Aber in unserer Zeit, in unserem Land, seien alle Versuche, ein eigenes Leben zu führen, verschwunden, alle, die wir kennen würden, lebten wie in den Fünfzigerjahren, es sei nicht auszuhalten. Warum solle sie nicht dasselbe tun, was so viele Männer im Laufe der Zeit getan hatten? Ich meinte jedes Wort ernst, dessen war sie sich sicher. Ihr fiel ein, wie erschrocken ich ausgesehen hatte, als sie nach Hause gekommen war, und dann vergaß sie es wieder. Sie dachte, ich würde ihr etwas ermöglichen, was ihr selbst gar nicht in den Sinn gekommen war.

Sie sagte, sie könne mir nicht glauben, und ich sagte, dass ich sie liebte. Mein Gesicht leuchtete geradezu fanatisch im Dunkeln. Wir standen auf, um hineinzugehen, wir umarmten und küssten uns, wir kicherten und berührten uns unter der Kleidung. Die Dunkelheit kroch aus den Bäumen und der Luft und dem Gras und den Stühlen. Wir standen lange da und hielten uns in den Armen, und dann machte sie sich los, und wir gingen hinein, um uns schlafen zu legen.

Sie stand alleine im Bad. Sie betrachtete sich selbst im Spiegel. Sie begegnete ihrem eigenen Blick. Sie hielt ihm stand, bis sie nicht mehr konnte. Sie ging hinaus, um sich hinzulegen. Sie hörte, dass ich noch umherging und aufräumte. Ich stellte Gläser in die Spülmaschine, öffnete und schloss Schubladen. Und dann wurde es still. Vielleicht saß ich da und schrieb. Sie dachte an ihn, der ihr die Hand in den Nacken gelegt hatte, sie hatte ganz reglos dagestanden und es geschehen lassen.

Wir lagen nebeneinander, und wieder flüsterte ich ihr all das ins Ohr, was sie tun sollte. Normalerweise gefiel ihr das, sie konnte gar nicht genug davon bekommen, aber jetzt sagte sie:

»Du, können wir nicht einfach nur vögeln.«

Und ich fragte:

»Jetzt sofort?«

Und sie:

»Ja, einfach nur ein ganz normaler norwegischer Fick.«

Und da machten wir es, oder besser, ich machte es mit ihr. Sie lag reglos auf dem Rücken, sie spreizte ihre Beine oder ich drückte sie auseinander, sie erinnert sich nicht mehr genau, aber ich lag auf ihr, ich drang in sie ein und fing an, mit ihr zu schlafen. Ein ganz normaler norwegischer Fick, schnell, rhythmisch, hart. Sie lag auf dem Rücken und konnte die Augen nicht offen halten und den Mund nicht geschlossen. Sie ließ sich auf dem Bett nach oben schieben. Sie ließ mit sich schlafen, ließ sich füllen und nehmen, ließ es mit sich machen, und ich war derjenige, der es mit ihr machte, sie sah mein Gesicht über sich, verschwitzt und warm, ich atmete mit offenem Mund, als würde ich laufen.

Sie dachte an den Mann, den sie kennengelernt hatte. Seinen Hals, seine Arme, wie er sich über ihr abstützte. Ich stützte mich über ihr ab, ich nahm sie, ohne etwas zu sagen. Es war schön, es dauerte nicht einmal besonders lange, und sie mochte es so, schnell und hart und ohne Worte. Sie lag da, die Beine gespreizt und die Arme zur Seite ausgestreckt. Sie lag unter einem Mann, der sie mehr wollte als jede andere, als alles andere, das wusste sie, aber war das genug? Das wusste sie nicht, darüber dachte sie nicht nach, nicht jetzt. Ich stieß hart in sie hinein, raus und rein, rein und raus, wieder und wieder und wieder. Sie vergaß, an ihn zu denken, und dann vergaß sie es doch nicht.

Sie musste es sagen, es rufen, ihre eigene Stimme hören. Sie sagte *du.* Sie sagte *du, du, du.* Sie sagte *du, es ist so schön.* Sie sagte meinen Namen: *oh Jon, oh Jon, oh Jon, oh Jon.* Sie sagte *Jon, falls es irgendwann einmal zwischen uns beiden aus sein sollte.* Sie sagte *Es wird ja nie aus sein, aber falls.* Und sie sagte, *Dann müssen wir ein heimliches Verhältnis haben, du und ich, denn ich will nie aufhören, mit dir zu schlafen, verstehst du?* Es war schön für sie, das zu sagen. Und sie sah, was mit meinem Gesicht passierte, als mir ein Licht aufging oder als die Dunkelheit hereinbrach, oder wie sollte sie es verstehen? Ich war allein in dem, was ihr und mir gehört hatte. Sie sah, dass ich verstand, was mit ihr passiert war, jetzt musste ich es verstanden haben, jetzt hatte sie es endlich gesagt. Sie rief erneut meinen Namen, sie dachte an ihn und rief nach mir. Ihre Stimme in dem dunklen Raum war zärtlich und heiser, und sie spürte, dass sie auf mich wirkte, diese Stimme, die so zärtlich wimmerte. Sie wirkte auch auf sie. Wir schrien beide, wir schrien laut und lang, und dann verstummten wir, und dann war es vorbei.

# 7

Eines Abends in diesem Herbst kam sie nach Hause und war Reiten gewesen, was unseren jüngeren Sohn sehr beeindruckte. Sie trug Reitstiefel und eine enge Hose, wie man sie typischerweise dabei trug. Unser Sohn hatte sie noch nie so gekleidet gesehen, und sie erklärte, die Sachen seien geliehen. Sie habe einen Mann kennengelernt, der ein eigenes Pferd besitze und der ihr das Reiten beibringe. Von ihm hatte sie die Kleidung. Sie roch streng, er bekam Ausschlag und musste sich die Augen reiben. Nachdem sie die Reitsachen im Flur aufgehängt hatte, ging sie unter die Dusche und kehrte als sie selbst zurück, im Morgenmantel und mit nassen Haaren.

Doch in der Nacht wachte er auf und erinnerte sich daran, dass seine Mutter ein Pferd bekommen hatte. Er stellte sich vor, dass es ziemlich klein war. Sie konnte nicht ohne dieses Pferd leben. Bisher war sie zwar auch ohne das Pferd ausgekommen, und es ging ihr gut. Aber jetzt wusste sie, dass es das Pferd gab, und wie würde es jetzt sein? Es war ein kleines, braunes Pferd, nicht viel größer als ein Hund, es reichte ihr gerade mal bis zur Mitte des Oberschenkels. Abends verließ sie das Haus, um bei ihrem Pferd zu sein. Es kam nur zu ihr, wenn sie allein war, es mochte niemanden außer sie. Es mochte ihre Familie nicht. Oder doch, es mochte ihn und seinen Bruder, vielleicht auch ihren Vater, aber am liebsten wollte es zu ihr. Jetzt stand es am Ende der Straße, wo der Wald anfing, und wartete auf sie. Manchmal kam es herbei und ging neben ihr her, ohne etwas zu sagen. Nur sie und das Pferd. Es hatte ein dunkles Gesicht und dunkle Flanken, ansonsten war es braun, wie alte Baumstämme, wie frisch umgepflügte Erde an einem Sonnenhang, wie das Haar des Mädchens, das seine Mutter einmal gewesen war. Er hatte Bilder von ihr gesehen, früher hatte sie langes Haar mit einem Pony gehabt. Und ihr Pferd hatte auch eine dunkle und dichte Mähne, die ihm fast in die Augen hing. Sie ähnelten sich. Große, braune Augen mit langen, dunklen Wimpern. Es betrachtete sie mit einer Ruhe, die sie zum ersten Mal erlebte. Kaum vorstellbar, dass es eine solche Ruhe gab. Sie spiegelte sich selbst in dem großen, schwarzen, unbeweglichen Pferdeauge, sie sah darin, wie sich ihr Leben veränderte, und sagte:

»Ich will dich in meinem Leben haben.«

Das Pferd betrachtete sie weiter, dunkel, eindringlich und beharrlich. In Wirklichkeit hatte das Pferd es zuerst gesagt. Das Pferd wollte sie in seinem Leben haben, und sie wiederholte den Satz. Es näherte sich ihr, sie spürte das Gewicht des starken Pferdekörpers an ihrem Oberschenkel. Es presste sich an sie. Und dann fing es an, zu ihr nach Hause zu kommen. Jedes Mal, wenn sie allein in einem Zimmer war, kam das Pferd dorthin. Es stand an der Wand, drehte den Kopf zu ihr und betrachtete sie. Jedes Mal war es so, als wäre das Pferd schon dort gewesen und hätte auf sie gewartet. Sie hätte früher kommen sollen. Es schüttelte seine Mähne, es schüttelte seinen Schweif, die drahtigen, langen Borsten scheuerten gegen die Wand, es ging durch das Zimmer auf sie zu. Die Hufeisen klapperten und schrammten über das harte Parkett, hinterließen Kratzer, die alle sehen würden. Sie konnte sich nicht darum kümmern. Sie konnte an nichts anderes mehr denken, jetzt, wo sie endlich ein Pferd hatte.

Das Pferd wollte sie auf ihrem Rücken haben, wollte sie bei sich haben. Es wuchs, war nicht länger ein kleines Pferd, das ihr bis zur Mitte des Oberschenkels reichte, es war groß. Es wurde enorm und erfüllte den ganzen Raum. Die Mutter musste sich auf die Zehenspitzen stellen, um die Arme um seinen Hals zu schlingen. Jetzt reichte sie dem Pferd bis zu den Oberschenkeln. Erst hatte das Pferd sich kleingemacht, um Platz in ihrem Leben zu finden, jetzt wollte es sie mitnehmen. Und sobald sie ihm alles gab, worum es sie bat, begann es zu wachsen. Es wurde enorm, es füllte alles in ihrem Leben aus, bis sie nichts anderes mehr sah.

Er sah sich selbst unter dem großen Pferdebauch liegen. Die Mutter saß auf dem Rücken, er sah ihre Reitstiefel, die Sohlen von unten, und er hörte ihre Stimme, sie war zärtlich und nah und voller warmer Luft, so wie er sie kannte. Aber sie sprach mit dem Pferd. Er lauschte der Stimme, mit der sie mit dem Pferd sprach, sie veränderte sich, wurde dunkler, er verstand nicht, was sie sagte. Er wusste, wenn er am nächsten Morgen aufwachte, würde das Pferd wieder bei ihr gewesen sein. Er würde Spuren von ihm auf dem Boden finden, tiefe Kerben im Parkett und auf der Treppe. Es hatte die Tapete abgewetzt. Es hatte an den Stühlen genagt. Und am Kopfteil unseres Bettes. Es war im Bad gewesen, er konnte sehen, dass es in eine Ecke gepinkelt hatte, eine große Pfütze aus goldenem, streng riechendem Urin. Es war durstig gewesen und auf der Suche nach Wasser, deshalb hatte es auch am Badewannenrand genagt. Es hatte einen riesigen Brocken herausgebissen. Im Porzellan sah man die Abdrücke großer Zähne, er fand das Stück auf dem Boden und setzte es vorsichtig wieder ein, damit niemand sehen konnte, was das Pferd getan hatte. Er blieb stehen und sah zu, wie das Porzellan wieder zusammenwuchs und die Risse geglättet wurden. Als er gerade das Haus verlassen wollte, hatte das Pferd auch die Schuhe seines Vaters im Flur kaputtgebissen, und er hörte mich sagen:

»Was *passiert* hier eigentlich gerade?«

Doch das Pferd konnte sich nicht darum kümmern. Auch die Mutter nicht, sie dachte nur noch daran, das Pferd zu finden. Sie nahm es mit zur Arbeit, es stand unter ihrem Schreibtisch, sie führte die Hand zwischen ihre Knie und tätschelte den warmen Pferdekopf. Sie kraulte die spitzen, glatten und beweglichen Ohren. Sie legte zwei Finger auf sein nasses, kaltes Maul. Sie schob ihre Hand in seinen Mund und betastete die langen, gelben Zähne. Sie ließ sich von ihm beißen. Sie saß reglos da und ließ das Pferd mit ihr machen, was es wollte. Als sie am Nachmittag wieder nach Hause ging, hob sie die Hand zum Gesicht und roch daran. Sie war so froh, dieses Pferd gefunden zu haben, dass es ein so schönes Pferd auf dieser Welt gab und sie diejenige war, die es besitzen durfte. Und er, unser kleiner Sohn, war auch froh. Er hoffte, sie würde mir bald von dem Pferd erzählen, denn ich wusste ja nicht, dass sie es hatte, dachte er. Sie würde mich an ihrer Hand riechen lassen, und dann würde sie sagen: *Kannst du erkennen, wonach ich jetzt rieche?* Und ich würde antworten, dass sie nach Pferd roch. Ich würde sagen, *Was für ein Glück du hast, ein so schönes Pferd zu besitzen, ich freue mich so für dich.*

Er sah ein braunes Pferd mit einer struppigen, schwarzen Mähne vor sich, erst war das Pferd ganz klein, dann wurde es unglaublich groß. Er war der Jüngste im Haus, er liebte lebendige Tiere mehr als alles andere. Er wohnte mit uns in den Zimmern, er saß am Tisch, lag in seinem schmalen Bett, lief über den Boden. Er hielt sich in unserer Nähe auf, immer, so oft er konnte, und unsere Stimmen drangen direkt in seinen Körper.

# 8

Am Silvestertag stand sie lange vor allen anderen im Haus auf. Sie schaffte, was sie sich vorgenommen hatte, schon um sieben Uhr morgens stand sie auf Skiern. Es war so dunkel, dass sie eine Stirnlampe brauchte, sie hatte mir eine neue zu Weihnachten geschenkt, eine besonders leichte und teure Lampe mit aufladbaren Akkus, die sie sich jetzt auslieh. Der Schnee bildete sanfte, stumpfe, trollartige Formen am Rande ihres Blickfelds. Sie hatte Angst, Elchen zu begegnen, frische Spuren kreuzten die Loipe, und an einer Stelle sah sie einen tiefen Abdruck im Schnee, wo ein großes Tier das Gleichgewicht verloren haben und auf die Seite gefallen sein musste. Aber konnte ein Elch wirklich das Gleichgewicht verlieren, in diesem lockeren, tiefen Schnee? Noch unwahrscheinlicher schien es, dass er sich hingelegt hatte, um sich auszuruhen. Sie blieb für einen Augenblick stehen und holte Luft, die Loipenmaschine war schon unterwegs gewesen, und die Pisten waren frisch präpariert, unberührt. Pistenraupe heißt es im Übrigen, oder Loipenspurgerät, so hätte sie es gesagt. Jedenfalls konnte es erst vor kurzem hier gewesen sein. Nach dem Loipenspurgerät, und vor ihr, war nur ein Langläufer hier gewesen, aber seine Spuren – sie war sich sicher, dass es ein Mann gewesen war – endeten plötzlich. Auf einer Hügelkuppe verschwanden sie, als wäre der Skiläufer direkt in den Himmel gehoben worden. Sie fürchtete sich ein bisschen in der Dunkelheit, mehr als nur ein bisschen, und versuchte den Gedanken zu verdrängen, dass ihr ein Elch begegnen könnte. Schnell lief sie bergauf, sie konzentrierte sich auf die Technik und stieß sich so fest ab, dass sie spürte, wie der Körper auf die Anstrengung reagierte. Sie spürte, dass sie stark war. Jetzt war sie eine, die unendlich weit laufen konnte, und sie kam weiter als geplant, ehe sie beschloss umzudrehen. Schnell und leicht fuhr sie wieder hinab, inzwischen war es hell geworden, und es waren viele andere Langläufer unterwegs, überwiegend einsame, erwachsene Männer, und jeder von ihnen stieß sich bewusst elegant ab, wenn sie sich begegneten. Einmal, als sie auf einer Hügelkuppe sichtbar wurde, konnte sie beobachten, wie sich der Skiläufer, der ihr entgegenkam, aufrichtete und anstrengte, und wie seine Bewegungen daraufhin rhythmischer wurden. Doch er würdigte sie keines Blickes, und sie flog freundlich triumphierend an ihm vorbei.

Sie traf niemanden, den sie kannte, und hatte beschlossen, auch nicht nach jemandem Ausschau zu halten. Sie hatte nicht einmal ihr Telefon dabei. Sie musste Harald nicht jedes Mal treffen, wenn sie unterwegs war, sie brauchte nichts als das – früh aus dem Haus zu kommen, vor allen anderen, und schnell Ski zu fahren. Inzwischen hatte sie die Stirnlampe ausgeschaltet, ließ sie aber um ihren Hals baumeln, damit alle sie sehen konnten. Sie durften ruhig glauben, sie hätte die ganze Nacht auf Skiern gestanden. Ein paar ältere Frauen bewegten sich langsam nebeneinander her, sie musste weit an den Rand der Loipe ausweichen, um nicht aufzufahren. Sie machte häufig von ihren Stöcken Gebrauch, fuhr schnell und mochte das Gefühl, dass sie diese Geschwindigkeit beherrschte. Das Leben war leicht, genau in diesem Moment war es nie schwierig gewesen, sie beherrschte ihren Körper und die Technik, sie hatte eine gute Ausrüstung und gab auf sich Acht. Sie beherrschte ihr Dasein, sie war die, die sie sein wollte.

Noch vor neun war sie wieder zu Hause, trampelte auf der Treppe den Schnee ab und nahm die Skier mit in den Flur. Sie öffnete ihre Schuhe, schlüpfte hinaus und ging in die Küche, wo ich gerade das Feuer in unserem neuen, emissionsarmen Kamin entfacht hatte. Wir heizten nicht mehr elektrisch, sondern waren zu Holz übergegangen, es war ökonomisch, ökologisch, stimmungsvoll und *vintage*, wie sie sagte, selbstironisch in Bezug auf die gehobene Mittelschicht, der wir inzwischen auch kulturell angehörten. Wir waren ein wenig an gesellschaftlichen Themen interessiert und ziemlich sportlich, auch wenn das niemand mehr sagte, wir sagten lieber, wir würden etwas für unseren Körper tun, uns gern bewegen, aktiv sein. Sie zog sich die oberste Kleiderschicht aus und hängte sie zum Trocknen über einen Stuhl. Das Zimmer war warm und aufgeräumt und hell, die Zeitungen lagen zugeschlagen auf dem Tisch. Ich hatte sie mit hineingenommen, und sie sah, dass ich Schnee geschippt hatte, einen schmalen Pfad bis zum Briefkasten. Die Kinder schliefen noch, jedenfalls lagen sie im Bett, sie spürte, dass der Schlaf das Haus regierte, selbst die Möbel ruhten, die Stühle waren empfangsbereit. Ich saß bestimmt in meinem Arbeitszimmer im Keller. Wahrscheinlich hatte ich gehört, dass sie gekommen war. Sie ließ das Wasser laufen, bis es eiskalt war, und füllte ein Glas damit. (Ein blaues, mundgeblasenes, auf einer Italienreise erstandenes.) Sie leerte es in einem großen Schluck, wie sie es immer tat. Kaltes Wasser im Mund, durch den Hals und die Brust hinab, bis es sich in den Magen legte. Sie füllte das Glas erneut und trank es aus, während sie darüber nachdachte, was noch zu tun war. Fast nichts, sie hatte den Puter schon gestern Abend vorbereitet und brauchte nur noch einen Salat zu machen, alles andere würde sich wie von selbst erledigen. Zuallererst wollte sie einen Kaffee trinken und die Zeitung lesen, am Tisch sitzen und das Gefühl genießen, dass sie Sport getrieben hatte. Sie stellte die Kaffeemaschine an und dehnte sich, während sie wartete, dass der Kaffee fertig war. Sie riss einem Marzipanschweinchen den Kopf ab – die Kinder mochten sowieso kein Marzipan.

Sie dachte, dass sie wieder mit Yoga anfangen wollte. Sie nahm die Tasse mit, weißes Porzellan, schlicht, setzte sich an den Tisch und schlug die Zeitung auf. Es gab nicht viel Interessantes zu lesen, oder sie konnte sich nicht darauf konzentrieren. Sie wollte mir berichten, wie weit sie gelaufen war, von den Elchspuren, die sie gesehen hatte. Sie öffnete ihren Laptop und las die neusten Nachrichten im Internet. Ein Brand, ein Busunglück, eine Wettermeldung, ein Artikel über die absurdesten Ausreden des Jahres. Sie öffnete nicht ihr Mailprogramm, schaute nicht auf ihr Handy, suchte nicht nach Mitteilungen. Sie ruhte in allem, was ihr vertraut war. Eine Tür öffnete sich, sie glaubte, es wäre eines der Kinder, das auf die Toilette musste, aber kurz darauf hörte sie Schritte auf der Treppe. Ich war es, der kam. Sie richtete sich ein wenig auf, zog den Laptop zu sich. Sie ließ sich von mir entdecken, ehe sie den Kopf hob und mich begrüßte.

Ihr Gesicht hatte eine frische Farbe, das spürte sie selbst, sie glühte, sie war draußen gewesen und mit sich zufrieden. Sie räkelte sich, während ich auf sie zuging, und dann spürte sie meine Hände auf ihren Schultern, im Nacken und auf dem Rücken. Ich legte die Hände auf ihre Brust. Dann glitten sie weiter hinab, zur Taille, ich spürte ihre Haut unter dem Pullover, sie war kühl, ich umfasste ihren Beckenkamm, wie es ihr gefiel. Es erinnerte uns an Sex, und deshalb machte ich es wohl auch; es war ein Zeichen. Ich beugte mich über sie und küsste sie auf den Hals, die Wange, wieder auf den Hals und in den Nacken. Sie wandte mir ihr Gesicht zu, und wir küssten uns auf den Mund. Unsere Lippen waren trocken, und dann öffneten wir die Münder und küssten uns mit der Zunge, ließen unsere Münder warm und feucht werden. Alles schwoll an und wollte berührt werden. Sie dachte, wir könnten es rechtzeitig ins Bett schaffen, bevor die Kinder aufstanden. Ich war noch im Schlafanzug, sie legte prüfend die Hand auf meinen Schritt und spürte, dass ich dasselbe gedacht hatte. Sie erzählte, wie gut ihr das Skifahren getan hatte, bevor es dämmerte, hatte sie keinen anderen Menschen gesehen. Sie erzählte von den Elchspuren, vom tiefen Abdruck des Tieres, das sich hingelegt hatte, und von den Spuren des Skiläufers, der sich in Luft aufgelöst hatte. Sie erzählte von den anderen Skiläufern, die erst aufgetaucht waren, als es hell wurde, und dass es fast nur Männer gewesen waren.

»Das ist so typisch. Die Frauen sind zu Hause und bereiten das Essen vor«, sagte ich.

»Ja, genau, was habe ich für ein Glück, nicht so leben zu müssen.«

»Findest du, dass du Glück hast?«, fragte ich, und sie strich mir mit der Hand über den Rücken und sagte:

»Ja, großes Glück.«

Und ich stimmte ihr zu, und dann entstand eine Pause, sie lachte wohlwollend, und ich sagte, dass ich eigentlich gemeint hatte, dass ich auch Glück hätte. Jetzt lachten wir beide, und sie fragte:

»Ist es dir gut ergangen?«

Sie wollte fragen, ob ich etwas geschrieben hatte, verkniff es sich aber. Sie wusste, dass ich nicht gern danach gefragt wurde, ob ich etwas gelesen oder geschrieben hatte oder womit ich mich gerade befasste. Es war besser, sie fragte nicht, für den Fall, dass ich nichts zustande gebracht hatte. Ich sprach nicht gern darüber, was ich machte, das wusste sie mittlerweile, jeden zweiten Tag, jede zweite Stunde, verlor ich den Mut, und dann wollte ich weder über Kinderbücher noch über populärwissenschaftliche Artikel sprechen. Sie wusste auch, dass ich es manchmal trotzdem mochte, dann wollte ich plötzlich über das erzählen, was ich schrieb, sie konnte nur nie einschätzen, wann. Deshalb fragte sie mich lediglich, ob es mir gut ergangen war, und ich sagte:

»Ich habe Simone de Beauvoir gelesen, ich verstehe nicht, warum ich das nicht schon früher getan habe.«

»Hast du sie wirklich nie gelesen?«

»Doch, schon, aber ich habe sie wieder beiseitegelegt, und das hätte ich nicht tun sollen. Sie schreibt so lebendig, so frei, sie schreibt über Verliebtheit, über Hingabe, es wirkt, als würde sie ganz offen sein. Obwohl man leicht durchschaut, dass sie zu Sartre spricht, dass sie sich an ihn wendet, an ihre Beziehung. Sie schreibt ihm Briefe aus den USA, wohin sie gereist war, um Nelson Algren zu besuchen, ja, sie hatte ein Verhältnis mit ihm, das weißt du ja sicher.«

»Ich erinnere mich nicht, wer Nelson Algren war.«

»Ein Schriftsteller. Sie war nicht einfach, diese Beziehung, glaube ich. Aber plötzlich war trotzdem alles einfach, und sie schreibt, wie sie miteinander schlafen, an einem frühen Morgen, in Chicago, glaube ich. Vielleicht auch in einem Ferienhaus. Aber verstehst du? Sie schreibt an Sartre, wie sie mit einem anderen Mann schläft, mit dem sie ein Verhältnis hat, und wie das Verhältnis zu Algren plötzlich ganz eng und zärtlich wird, kurz nachdem sie alles für unmöglich gehalten hatte.«

»Haben sie so gelebt?«

»Ja, aber in vielen der anderen Briefe zwischen ihnen, die ich gelesen habe, lässt sich leicht erkennen, dass es auch Eifersucht gab. Sie wollten nicht eifersüchtig sein, die beiden, aber sie müssen es trotzdem gewesen sein. Wenn sich der eine in jemanden verliebt, muss der andere auch jemanden finden, in den er sich verlieben kann. Geradezu so, als wollten sie sich gegenseitig übertreffen. Aber in diesem bestimmten Fall nicht. Sie spürt wirklich eine so enge Verbindung zu Algren, glaube ich, und ist erfüllt davon, als sie Sartre schreibt, und da wirkt es leicht. Als wäre es unausweichlich und deshalb in Ordnung.«

»Wie hat er darauf geantwortet?«

»Wer?«

»Sartre.«

»Das weiß ich nicht. Seine Briefe aus dieser Zeit habe ich nicht.«

»Wollen wir uns noch ein bisschen hinlegen?«

»Es ist schon nach neun, wir müssen uns wohl beeilen.«

»Glaubst du, sie sind schon wach?«

»Ich weiß es nicht.«

Wir gingen hintereinander ins Schlafzimmer und schlossen die Tür, so leise es ging. Inzwischen hatten wir ziemlich große Kinder, wir waren zusammen erwachsen geworden. Wenn wir zu zählen versuchten, wie oft wir schon miteinander geschlafen hatten, kamen wir nicht mehr hinterher, und es war auch nicht so wichtig, wir würden ja einfach nur weitermachen. Viel interessanter war es zu zählen, wie oft wir mit anderen geschlafen hatten, bevor wir ein Paar geworden waren. Einst waren wir beide unerfahren und linkisch gewesen. Einst hatten wir uns vor unseren Eltern versteckt, um uns zusammen mit unseren Freundinnen oder Freunden auszuziehen, jetzt versteckten wir uns vor unseren Kindern, um zusammen nackt zu sein. Sie zog ihren Pullover und ihre Skiunterwäsche aus, legte sich auf das Bett und wartete darauf, dass ich ihr die Unterhose auszog. Sie mochte das Wort Slip nicht, also benutzte ich es auch nie. Sie trug sowieso Shorts, und ich zog sie ihr übertrieben langsam aus, geradezu fragend, und sagte:

»Wie schön du bist, und du hast Abdrücke von deiner Unterhose auf der Haut.«

Ich liebkoste ihre Haut mit den Fingerspitzen und zeigte ihr die Streifen. Ihre helle Haut, weich und winterweiß und ein bisschen kühl, nachdem sie draußen gewesen war. Mir gefiel es so sehr, wenn sie im Winter blass war, das wusste sie, es mache ihren Körper deutlicher, sagte ich, aber jetzt hatte sie ein deutliches, rotgeflammtes Muster von dem Gummi um die Hüfte und tiefe Abdrücke von den Nähten um die Oberschenkel.

»Sie sitzt wohl etwas eng, diese Unterhose.«

»Es sieht schön aus. Wie Nacktkleider.«

»Nacktkleider, du nun wieder.«

»Damit könntest du die ganze Zeit herumlaufen.«

»Ja, das würde dir gefallen. Dass mich alle sehen könnten.«

»Ja, das würde mir gefallen.«

»Du bist der einzige, der mich so schön findet.«

»Oh nein. Warte nur ab, du.«

»Was soll ich denn abwarten?«

Intime Gespräche. Ein sinnloser, kindischer, flirtender Austausch zwischen zweien, die einander gut kennen. Jedenfalls hatten wir Grund zur Annahme, wir würden einander gut kennen, wir lebten in dem Glauben, einander besser zu kennen als irgendein anderer uns je kennen könnte, wir gründeten die Schattenrepublik unserer erwachsenen Liebe auf dieser Überzeugung, und auf Anspielungen und schnellen Blicken über die Köpfe der Kinder hinweg. Was wir einander sagten, waren Dinge, die wir schon einmal gesagt hatten, schon oft, Wörter, die nur zu dem passen mussten, was die Hände taten. Sie zog mir das T-Shirt aus, sie strich mir mit den Händen über den Rücken, sie zog mich zu sich herab. Sie hörte mich etwas über sie sagen, über ihre Hände oder Taille oder wie sie mich anfasste. Sie steckte die Hand in meine Schlafanzughose und berührte mich, schloss ihre Finger um den Penis und zog die Vorhaut zurück, die sich anfühlte wie ein dünner Stoff, runzelig, straff, ein zerschlissener Stoff, der so oft gebraucht worden war, dass er glatt und weich war und leicht unter den Fingerspitzen reißen konnte. Ich legte mich auf sie, ich stützte mich mit gestreckten Armen ab, ich platzierte mein Gesicht über dem ihren und sah ihr in die Augen, ich brachte sie dazu, in meine zu sehen – das war etwas, was ich mit allen tat, sie dazu zu bringen, mir in die Augen zu sehen, das brauchte ich, als würde ich es brauchen, mit allen zu schlafen, dachte sie. Es gefiel ihr, solche Dinge zu denken, von denen ich nichts ahnte. Sie öffnete sich mit zwei Fingern, führte den Penis zu der Öffnung, ihre Schamlippen waren außen sehr feucht, weiter innen nicht mehr so ganz. Es stockte ein wenig, sie spürte, wie ich ihn herauszog und dann wieder einführte. Das wiederholte ich viele Male, sanft, tastend, forschend und voller Ernst. Die inneren Lippen waren im Weg, aber dann wurden sie glatter, sie spürte, wie sie sich öffnete. Doch dann war ich zu vorschnell, und es tat ihr weh, und mir sicher auch, das spürte sie, oder sie spürte es nicht, verstand es aber in dem Moment, als ich mich wieder aus ihr herauszog. Ich bewegte mich weiter außen, mit kurzen Bewegungen, und das half, und bald darauf waren wir wieder dort, in der Umarmung, darin, in der Hingabe, in dem Gefühl, beim anderen zu Hause zu sein. Wir hielten die Angst und die Langeweile auf Abstand, sie hob ihre

Hüften, sie wollte mich in sich spüren, so tief wie möglich, das dachte sie gern, man könnte es ihren führenden Gedanken nennen, so tief wie möglich. Und es tat nicht weh, ihr nicht und mir offenbar auch nicht. Sie sprach nicht mehr, sie ließ die Luft zusammen mit ihrer Stimme aus ihrem Mund entweichen, jedes Mal, wenn ich in sie hineinstieß, sie stieß eine Art A aus, ein offenes, langgezogenes A, mit viel Luft, wieder und wieder dasselbe A – *ah! ah! ah! ah!* – und es machte etwas mit mir, das wusste sie, und mit ihr selbst auch. Wir stießen Laute der Lust und der Not und der Gier aus, aber dann fielen ihr die Kinder wieder ein, und sie sah zu mir auf, diesmal war sie die Erschrockene und ich der, der sagte:

»Sie hören uns nicht, die Tür ist zu.«

»Vielleicht sollten wir sie abschließen.«

»Könnten wir, ja, aber ich will jetzt nicht aus dir raus, ich will nicht wieder aus dir raus, nie wieder, wenn, dann müssen wir irgendwie zusammen zur Tür kommen.«

Und sie schloss die Augen oder sie ahnte nicht, was sie gerade tat, sie dachte nicht darüber nach, sie verlor den Blick auf sich selbst, ließ sich wieder aufs Bett zurücksinken, während ich mich bewegte, über ihr, auf sie zu, in ihr. Sie legte mir die Hände auf den Rücken und spürte, wie ich sie im Bett nach oben schob. Ich stützte mich mit der einen Hand ab und hielt mit der anderen Hand ihre Hüfte, es gefiel ihr, es muss uns beiden gefallen haben, ich hielt sie immer dort fest, am Beckenkamm. Sie fing wieder an zu stöhnen, und dann hörte sie, dass jemand die

Türklinke griff, sie wurde resolut nach unten gedrückt, ich hörte es auch und ließ mich neben sie fallen, widerwillig, und dann gähnte ich demonstrativ, es sah komisch aus, sie lachte laut. Unser jüngerer Sohn stand in der Tür, er fragte:

»Seid ihr noch gar nicht aufgestanden?«

Und ich tat, als wäre ich noch im Halbschlaf, mit dem Arm über dem Gesicht, und sagte:

»Bist du schon wach? Wir stehen gleich auf. Du kannst ja solange den Kinderkanal gucken, oder?«

Und das wollte er zum Glück. Er ließ die Tür offen stehen, aber wir machten das nicht zum ersten Mal, wir konnten ruhig sein, langsam, ohne dass uns die Kinder hörten, selbst wenn sie im Zimmer nebenan waren. Sie drehte sich auf die Seite, schob mir ihren Po entgegen und zog das Kissen zu sich heran, sie hielt es sich gern vors Gesicht. Sie ließ sich nehmen, dachte sie, nein, sie dachte nichts, aber genau das wollte sie jetzt, genommen werden, es mit sich machen lassen, und sie hatte Lust zu schreien, aber das konnte sie nicht, nicht mal ins Kissen. Der Lust Ausdruck zu verleihen, törnte sie an, und keinen Laut von sich geben *zu können,* törnte sie auch an, genauso, seltsamerweise. Sie atmete heftig in das Kissen, roch den Duft der Bettwäsche, die im Freien getrocknet war und feucht wurde von ihrem Atem, warm und schwer, wie wenn wir uns zu lange küssten und sie mir ihre warme, verbrauchte Luft in den Mund blies.

Und dann rief unser jüngerer Sohn nach mir, seine Stimme war klar und offen. Er fühlte sich im Dasein geborgen und bei uns, er wusste, dass wir immer für ihn da waren, er rief:

»Papa, kannst du mir helfen, den Fernseher anzumachen?«

Und als sie merkte, dass ich nicht antworten konnte, rief sie, ein wenig zu laut:

»Papa kommt gleich!«

Und das stimmte natürlich, wir hörten es beide, aber wir lachten nicht, nicht gleich, sie prustete nur, und ich gab einen beleidigten Ton von mir, ich versuchte, mich nicht aus dem Konzept bringen zu lassen, aber es war unmöglich, es ging nicht. Wir hörten, wie er näher kam, er war wieder auf dem Weg zu uns, er wollte sich vergewissern, dass ich mein Versprechen, ihm zu helfen, nicht vergessen hatte, er wollte in unserer Nähe sein, bei Mama und Papa. Er suchte die Wärme, er brauchte unsere Stimmen, unsere Körper, er musste wissen, dass wir von ihm wussten, auf ihn aufpassten, und er fragte:

»Worüber lacht ihr?«

Denn er wollte mitmachen, er war auf dem Weg in unser Bett, aber ich wand mich heraus und sagte, ich käme mit ihm nach unten, meine Schlafanzughosen hingen in den Knien, und ich zog sie hoch, krümmte mich zusammen, damit durch den Stoff hindurch nichts zu sehen war, aber es war trotzdem leicht zu erkennen, ich presste den Unterarm auf den Schritt und sagte:

»Jetzt helfe ich dir dabei, den Fernseher anzumachen.«

Ich war auf dem Weg aus dem Zimmer, drehte mich zu

ihr um, wir lächelten uns an, wir waren rot, atemlos und aufgewühlt. Sie blieb im Bett liegen und schob die Hand unter die Bettdecke, sie zeigte mir, wie sie es tat, es konnte immer noch etwas daraus werden, und sie rief mir hinterher:

»Ich gehe gleich duschen, kommst du nach?«

Und ich bejahte es, konspirativ, mit einer Stimme, die vor Rührung ganz belegt war, ich hatte eine Schwäche für alles, was sie sich ausdachte, und schloss leise die Tür hinter mir. Sie wusste, warum ich sie schloss, und versuchte es noch ein bisschen weiter, aber es ging doch nicht, nicht jetzt.

Aber es war nicht schlimm, sie spürte eine warme, lebendige Süße in sich, die sie beschützte, die sie über Wasser hielt, genau wie das frühe Aufstehen und Skifahren sie für mehrere Stunden oben halten konnte, und das Zeitunglesen und der Kaffee danach, und Yoga oder Liegestütze oder Kniebeugen oder eine Minute oder zwei Minuten lang im Unterarmstütz zu bleiben sie oben halten konnte, und das Dasein zu etwas Transparentem machte, in dem man sich zurechtfand. Sich oben halten, ein wenig einsinken, etwas unternehmen, um wieder hochzukommen, es eigentlich ganz gut haben, mehr als gut, aufrecht bleiben und wieder ein wenig einsinken. Sie konnte jeden Moment untergehen, aber sie war gut darin, sich selbst mit dem zu versorgen, was sie brauchte, um sich über Wasser zu halten, so war es, das wusste sie. Und jetzt stand sie auf und ging unter die Dusche.

Sie schaffte es noch, sich die Haare zu waschen, ehe ich kam und die Tür hinter mir abschloss, ich zog mir die Schlafanzughose aus und schlüpfte zu ihr in die Dusche. Wir umarmten und küssten uns unter dem laufenden Wasser. Sie nahm den Penis in die Hand, er war schlaffer, kleiner, fing jedoch an zu wachsen, und dann kehrte sie mir nur den Rücken zu und drückte sich mit flachen Händen an die Wand, presste auch die Wange flach gegen die Fliesen, als hätte jemand sie hart dagegengestoßen. Sie schob mir den Po entgegen und spreizte die Beine, sie spürte, wie ich mich abmühte und sie erst verfehlte, ehe ich in sie hineinkam. Ich schob mich in ihr hinauf, sie sah, dass ich den Wasserstrahl ins Gesicht bekam und drehte den Duschkopf zur Wand. Er war noch nicht ganz hart, das spürte sie, und ich fing an zu reden, damit er schneller wuchs, damit ich schneller kam, bevor uns wieder jemand unterbräche. Ich fragte, ob sie es sich selbst besorgt hatte, und an wen sie währenddessen gedacht hatte, und sie sagte, *Das wüsstest du wohl gern,* und das Reden half, sie spürte das Lange, Harte, was sich in sie hineinpresste, und auch sie selbst spürte, wie sie feuchter wurde, ich sagte:

»Stell dir vor, du hättest jemanden, der dich besuchen würde. Stell dir vor, er käme und würde sich zu dir legen, während ich in der Küche auf die Kinder aufpasse.«

»Dann würde ich jetzt da drinnen liegen und von einem anderen angefasst. Stell dir das vor.«

Sie hörte, dass ich einen tiefen, jammernden Laut ausstieß, und sie ließ sich gegen die Wand schieben, aber sie hörte auch etwas anderes, es klingelte an der Tür, das war kaum zu glauben, aber tatsächlich, jemand hatte geklingelt, am Vormittag, am Silvestertag, und kurz darauf hörten wir Stimmen im Flur. Unser jüngerer Sohn drückte die Klinke der Badezimmertür hinunter, er sagte, Una Birgitte sei hier, Una Birgitte war unsere Nachbarin, Timmy sah mich an und schüttelte den Kopf, es war hoffnungslos, und wir hörten, wie unser blasser, großäugiger Sohn sagte:

»Warum habt ihr denn die Tür abgeschlossen?«

Und dann spürte sie, wie er mit einem resignierten Schwupp aus ihr herausglitt, feucht und schlaff, ein enttäuschter kleiner Penis, kaum zu glauben, dass ihn noch vor kurzem jemand an der Hand genommen hatte, wollte sie sagen, aber irgendwie klang es jetzt doch nicht mehr lustig, also verkniff sie es sich. Sie führte die Hand zu meinem Gesicht und strich mir über die Wange, sie sagte, *Bleib hier, du,* und sie sagte, *Wir denken uns etwas aus, wir stellen den beiden später einen Film an und legen uns noch einmal hin.* Sie berührte den Penis leicht, um mir zu sagen, ich könnte es mir doch so lange selbst besorgen, und sie spürte, wie er unter ihren Fingern reagierte, und dann trocknete sie sich schnell und flüchtig ab und zog sich einen Bademantel über, um mit Una Birgitte zu sprechen, die gekommen war, um sich etwas von uns zu leihen oder uns auf einen Kaffee einzuladen.

Meine Tochter hätte auch da sein sollen, in diesem Jahr war sie an Weihnachten bei ihrer Mutter und wäre dann eigentlich Silvester bei uns gewesen, aber sie wollte lieber auf eine Party gehen. Ich vermisste meine Tochter, wie immer, aber wir sprachen darüber, dass es trotzdem gut war, besser, sie war mit Leuten in ihrem Alter unterwegs, als mit uns herumzuhängen. Timmy war es gewohnt, solche Sachen zu mir zu sagen, auf mildernde Umstände hinzuweisen. Am Anfang unserer Beziehung hatte ich das so sehr gebraucht. Ich hatte mich nicht nur von einer anderen getrennt, um mit Timmy zusammen zu sein, sondern auch von meiner Tochter.

Als Una Birgitte gegangen war, fand Timmy mich im Zimmer unseres älteren Sohnes. Er zeigte mir ein Spiel, ein bisschen widerwillig, weil er am liebsten in Ruhe spielen wollte. Es war typisch, dass ich mich zu einem der Kinder zurückzog, wenn wir Besuch hatten. Und vor allem heute, wo ich mir so sehr wünschte, alle Kinder wären zu Hause. Ich trug wieder meinen Schlafanzug, ich war derjenige, den sie besser kannte als jeden anderen. So hatte sie früher immer über mich gedacht, und jetzt schien es so leicht, sich wieder in die Geborgenheit zurückgleiten zu lassen, in unsere Vertrautheit. Sie pfiff nach mir und sah, dass sich mein Gesicht aufhellte, sich glätten ließ, wie weicher Stoff. Es war einfach, es war so leicht für sie, mich glücklich zu machen, und es gefiel ihr zu sehen, wie es wirkte.

»Könntest du nicht stattdessen zu mir kommen?«, fragte sie.

Ich stand auf und folgte ihr. Sie legte mir die Hand aufs Gesicht, spürte, dass ich ihren unteren Rücken berührte, sie wich ein wenig aus, als ich sie küssen wollte, nur um es noch einmal zu sehen, wie leicht es war, mir ein Gefühl von Sicherheit zu geben, damit ich mich männlich und glücklich fühlte.

Sie hatte immer gesagt, es gehöre zu ihrem Job, damals, als sie noch als Allgemeinmedizinerin arbeitete, Erlebnisse neu zu formulieren, damit sie leichter zu ertragen wären. Viele Patienten mussten ihr Selbstverständnis neu kalibrieren, zum Beispiel, um zu lernen, wie man mit einer chronischen Krankheit lebte. Und ihr selbst tat es auch gut, auf diese Weise hielt sie sich an der Oberfläche, man konnte fast alles so umformulieren, dass es gut klang. Und jetzt war das Skilaufen schon wieder so lange her, dass sie es brauchte, nackt mit mir im Bett zu liegen, wir brauchten es beide. Ich legte einen Film ein, den unsere Söhne beide gern sehen wollten, Wes Andersons *Fantastic Mr. Fox,* ich hätte ihn auch gern gesehen, sagte ich, aber noch lieber läge ich mit ihr im Bett. Also gingen wir ins Schlafzimmer, sobald der Film lief, und sie schloss so leise wie möglich die Tür hinter sich.

Hastig zogen wir uns aus, nebeneinander, wie Kinder, die gleich schwimmen gehen wollten, und legten uns unter die Decke, nicht wie Kinder, sondern wie erwachsene Liebhaber, die wussten, worauf es ankam. Ihre Hände lagen dort, wo sie erwünscht waren, wo sie schon früher gelegen hatten. Sie streckte sich auf dem Rücken aus, ich lag neben ihr, sie hob den einen Oberschenkel über mich, damit ich in sie hineinkam, während sie sich selbst berührte. Mit der einen Hand hielt sie den obersten Teil ihres Geschlechts offen, stramm und glatt, mit der anderen rieb sie sich mit zwei Fingern. Ich stieß ganz langsam in sie hinein, ich traf einen Punkt, den sie von früher kannte, genau da war es schön, genau da kam sie mitunter von allein, oder jedenfalls fast, ohne selbst nachzuhelfen. Sie schwoll um mich herum an, ihr Geschlecht breitete sich zwischen uns aus, wir wuchsen zusammen, spürten keinen Unterschied mehr, wer der eine war und wer der andere, abgesehen davon, dass sie still und mit geschlossenen Augen dalag und ich derjenige war, der sprach, leise, liebevoll, direkt in ihr Ohr hinein.

Ich erzählte ihr, wie sie Besuch von einem Mann bekam, auf den sie Lust hatte und sich mit ihm ins Schlafzimmer einschloss, während ich auf die Kinder aufpasste und sie ablenkte. Ich erzählte ihr, wie er aussah, groß, mager, agil, und was er mit ihr machen würde. Ich würde zwischen den Kindern und der geschlossenen Tür hin- und hergehen, ich würde draußen stehen und lauschen, wenn etwas zu hören war. Ihr gefiel es, dass ich das sagte, sie bewegte den Kopf auf dem Kissen hin und her, mir gefiel es auch, aber es war nicht genug, nicht für mich. Ich sagte, am liebsten wäre ich dabei, wenn sie mit ihm zusammen war, und würde zusehen, wie sie von ihm angefasst wurde, wollte seinen Schwanz sehen, ich benutzte das Wort, wenn ich mit ihr zusammen war, ich sagte, ich wolle sehen, wie er groß und steif werde, ich wolle sehen, wie er ihn in sie hineinstieß. Das sagte ich, sie öffnete nicht die Augen, aber sie wusste, dass ich meinen eigenen Penis ansah und mir vorstellte, er würde jemand anderem gehören, während ich in sie hineinstieß. Sie gab einen Laut von sich, nein, sie gab ihn nicht von sich, er kam von allein, ein leises Jammern. Ihre Oberschenkel zitterten, das spürte sie, es war schön. Ich fragte, ob ich einmal zusehen dürfte, wie sie es zusammen mit einem anderen machte. Sie wurde im Bett hinaufgeschoben, weil ich mich heftiger bewegte, sie schlug die Augen auf und sah mein Gesicht viel näher an ihrem, als sie es gedacht hatte, ich beobachtete sie genau, wollte den Ausdruck von Wonne auf ihren Lippen sehen, ihren Augenlidern, wie sie den Kopf schüttelte, als wäre etwas verkehrt, aber so war es ja nicht, und sie sagte *Ja, das darfst du,* und kurz darauf schrie sie *Ja, ja, ja,* und dann zog sie das Kissen heran und presste es sich aufs Gesicht und schrie hinein. Und im nächsten Moment spürte sie auch, wie ich kam, ganz leise, es war nur eine Art halbersticktes, resigniertes Stöhnen, und dann lagen wir plötzlich still und regungslos nebeneinander, um herauszufinden, ob die Kinder uns gehört hatten. Hatten sie aber nicht, da waren wir uns ziemlich sicher, beide.

Wir standen auf und kochten gemeinsam, der Film war bald vorbei, und nach dem vielversprechenden Anfang ist das Ende von *Fantastic Mr. Fox* ja eine ziemliche Enttäuschung, aber unsere Söhne saßen dicht aneinandergekauert mit offenen Mündern da, sie schienen nicht einmal bemerkt zu haben, dass wir den Raum verlassen hatten. Sie hatte längst den Puter in den Ofen geschoben, der drei Stunden brauchte und bald fertig wäre. Jetzt bereitete sie die Sauce zu, während ich die Kartoffeln und den Rosenkohl machte und den Tisch deckte, und ich beschwerte mich darüber, dass sie die Verantwortung für das Essen an sich gerissen hatte, es sei so typisch, ich fühle mich wie ein typischer Mann, der mit einer typischen Frau zusammen sei, und das wolle ich nicht, sagte ich, es würde mich einengen, alles würde klein und gewöhnlich werden, und da sagte sie:

»Du vergisst etwas.«

»Was denn?«

»Du vergisst, dass du fast jeden Tag die Verantwortung für das Essen übernimmst.«

Und das machte mich wieder glücklich, genau wie sie es sich gedacht hatte, und dann erzählte sie, dass Una Birgitte uns für den späteren Abend zu sich eingeladen hatte. Das machte mich wiederum überhaupt nicht glücklich, und ich sagte:

»Heute Abend? Es ist doch Silvester.«

»Ja, aber wir sind zu Hause und haben keinen Besuch. Und sie auch nicht. Sie haben gedacht, die Kinder könnten unten einen Film sehen, und für uns gibt es Wein und Käse. Eigentlich finde ich das ganz nett. Unkompliziert und spontan und nichts Formelles, oder etwa nicht?«

Als sie Una Birgitte zusagte, hatte sie schon gedacht, dass es mir nicht gefallen würde und sie sich eigentlich erst mit mir hätte absprechen müssen. Aber sie hatte keine Lust gehabt, die Einladung auszuschlagen. Ihr war keine Ausrede eingefallen, und außerdem passte es ihr gut. Sie mochte es, wenn etwas los war. Die Wirkung ihres Skiausflugs hatte schon nachgelassen, und ihre Stimmung war nicht mehr so harmonisch und entspannt wie vorher. Und als Una Birgitte in unserer Küche gesessen und Kaffee getrunken hatte, waren wir noch nicht dazu gekommen, miteinander zu schlafen. Jetzt, nach dem Orgasmus, wäre sie auch noch ein oder zwei Stunden ruhig geblieben, aber danach hätte sie sofort wieder das Bedürfnis gehabt, etwas zu unternehmen, das wusste sie. Und dann wäre es nett, mit Una Birgitte und Paul Edvin ein Glas Wein zu trinken und zu reden. Sie redete gern mit Menschen, auf diese Weise kam sie weg von sich selbst. Genau denselben Grund führte ich dafür an, dass ich solche Zusammenkünfte und Kaffeebesuche *nicht* mochte, ich sagte immer, ich würde mich dann selbst verlieren. Ich war schon immer eigen gewesen, fand sie, aber in den ersten Jahren hatte ihr das gefallen. Sie hatte daraus gelernt, sie sagte nicht mehr zu allem ja und kümmerte sich mehr um ihre eigenen Bedürfnisse. Doch in letzter Zeit hatte sie den Eindruck, es gäbe immer mehr, was mir schwerfiele. Und außerdem sagte sie auch nicht mehr zu allem Ja, was von mir kam. Sie wusste, dass ich am allerliebsten nur mit den Kindern zusammen war, und mit ihr, aber sie hatte die Einladung sofort angenommen, ohne vorher mit mir zu sprechen.

Und jetzt war es fünf geworden, und wir saßen um den Tisch und aßen, wie viele andere Familien in diesem Land, und sie sah, dass mir schon vor dem Abend graute. Sie hatte eine Füllung aus Pilzen, Zwiebeln, Knoblauch, Basilikum und Salz mit Schmand gemacht und eine Sauce zubereitet, ich hatte die Kartoffeln gekocht. Der Puter war dreieinhalb Stunden im Ofen gewesen, das Rezept für den Salat hatte sie am Vortag entdeckt, mit Blauschimmelkäse und roten Zwiebeln. Er schmeckte ein wenig zu streng und passte nicht zu dem schweren Essen, und die Kinder rührten ihn nicht an, aber sie schnitt ihnen schöne, helle Scheiben von dem Puter ab und servierte sie ihnen. Es sei wichtig für uns, dass sie das Geflügel tranchierte, sagten wir, als unser ältester Sohn uns danach fragte, warum es immer so war, sonst wären wir wie eine Familie aus den 1950er Jahren gewesen. Sie fühlte sich leicht, unantastbar. Der Puter war nicht zu trocken, er war weiß und mager, aber ein bisschen schwer zu schneiden, oder das Messer musste neu geschliffen werden, sie ärgerte sich, dass sie es nicht getan hatte. Sie stieß mit mir an und mit den Kindern. Sie streckte ihren Fuß aus und strich mir damit übers Bein, sie wartete ab, ob ich lächelte, doch nein. Wir hatten es so gut miteinander gehabt (am Ende, nach all den Verzögerungen), und trotzdem war die Wirkung für mich anscheinend schon wieder verflogen. Sie ging in die Küche, um warme Sauce nachzuholen, und achtete darauf, auf dem Rückweg bei mir vorbeizugehen. Sie stellte die Sauciere vor mir ab, dann beugte sie sich über mich und strich mir mit der Hand durchs Haar. Ich sah zu ihr auf. Meine Augen waren feucht, mein Mund sah so klein aus, sie hoffte, ich würde nicht anfangen zu weinen.

»Bist du traurig?«

»Ach was, nein.«

Aber ich muss traurig gewesen sein, oder wütend, als würden mir gleich vor Zorn die Tränen kommen. Ich hätte nie zugegeben, dass ich sauer war, das war einfach zu kleinlich, das Sauersein müsse aus dem menschlichen Gefühlsregister gelöscht werden, hatte ich selbst einmal gesagt. Sie wusste jedoch, dass ich so außer mir geraten konnte, dass ich mich vor Erschöpfung hinlegen musste. Vermutlich würde es schwierig werden, wenn es ihr nicht gelänge, diesen Zustand abzuwenden. Sie führte die Hand in mein Hemd, rieb ihre Hand über die Stelle, wo mein Herz war. Sie spürte, dass es klopfte, heftig und schnell, und sie beugte sich zu mir herab und flüsterte mir ins Ohr:

»Du hast es mir so schön besorgt.«

Ich sah zu ihr auf, sie legte die Hand auf mein Haar, zog mein Gesicht an sich und küsste mich. Normalerweise öffnete ich zuerst den Mund, diesmal war sie es, sie drückte ihre Zunge an meine, küsste mich lange. Beim Küssen entstanden Schmatzgeräusche, und unser älterer Sohn stöhnte genervt, er war peinlich berührt, aber sie hielt die Hand vor mein Gesicht, als wollte sie mich vor ihm abschirmen, und sagte:

»Psst. Ich muss nur kurz mit deinem Vater knutschen.«

Unser Sohn gab eine Art Knurren von sich, es hörte sich ulkig an. Aber es war nicht so gemeint, er wollte seine Abscheu zum Ausdruck bringen, er hielt es nicht aus, uns so zu sehen. Sie nahm ihre Hand nicht weg, sondern küsste mich erneut in dem kleinen Raum, den ihre Hand um mein Gesicht formte. Sie biss mir in die Unterlippe und sah mir in die Augen.

»Wir bleiben da, bis das Feuerwerk vorbei ist, und dann gehen wir nach Hause und legen uns hin, okay?«

»Ich habe keine Lust, mit Paul Edvin zusammen Böller in die Luft zu schießen. Sollen wir uns um das Feuerwerk kümmern, während Una Birgitte und du die Kekse rausstellen?«

Sie konnte sehen, wie ich mich selbst in Rage redete. Paul Edvin war ein wunder Punkt für mich. Er war Lehrer, unterrichtete Norwegisch und zeigte ein außergewöhnliches Interesse für Literatur, Musik und Film. Außerdem war er gern zu Hause, wenn er nicht gerade arbeitete – in Gesellschaft anderer war er schüchtern und unsicher, genau wie ich, und kurz nachdem wir die beiden kennengelernt hatten, dachte ich, er könnte der gute Freund werden, den ich nie gehabt hatte. Doch irgendetwas war schiefgelaufen, wir fanden keinen gemeinsamen Nenner, unsere Gespräche kamen nie über die Ebene des Höflichen und Konventionellen hinaus. Timmy hatte den Gedanken geäußert, dass auch solche Gespräche wertvoll sein konnten, aber ich resignierte mit der Zeit, weil ich in seinem Beisein nie etwas Spontanes oder Unbedachtes sagen konnte. Und weil Una Birgitte blind an die Geschlechtertrennung glaubte, was sich darin zeigte, wie sie stets die Stimme senkte und sich an Timmy wandte, wenn sie etwas Ernstes sagen wollte, waren Paul Edvin und ich uns selbst überlassen. So kam es, dass auch Paul Edvin und ich am Ende die männliche Form des Austauschs betrieben – wir hielten einander kurze Vorträge über dieses und jenes. Und damit war ich ja nicht mehr der, der ich sein wollte, und das konnte ich nur schwer ertragen, und deshalb musste ich früher oder später nach Hause gehen.

Timmy strich mir mit der Hand über den kurzgeschnittenen Nacken, er fühlte sich so glatt an wie ein Pelz, wie ein feuchter, wasserabweisender Otterpelz; in der Regel schnitt sie mir die Haare. Anschließend ging sie in die Küche und nahm ihr Handy in die Hand. Sie hatte es mit dem Display nach unten auf die Fensterbank gelegt und stumm gestaltet, um nicht darauf zu warten, bis es einen Ton von sich gab. Sie hatte den ganzen Tag verstreichen lassen, ehe sie zum ersten Mal nachsah, damit sie ganz sicher sein konnte, eine neue Nachricht erhalten zu haben. Vermutlich hatte er ihr sogar schon mehrere geschickt. Inzwischen dachte sie sogar, dass sie heute am liebsten gar keine neuen Mitteilungen von Harald hätte, etwas in ihr wollte Ruhe haben, zusammen mit mir und den Kindern. Was auch immer zwischen ihr und Harald war, würde wahrscheinlich ohnehin von selbst vorübergehen, hatte sie gedacht. Aber jetzt spürte sie eine heftige, aufwühlende Sehnsucht. Sie ahnte, dass er dasselbe gedacht hatte wie sie, er hatte beschlossen, Ruhe im Gewöhnlichen zu finden, im Gesetzesmäßigen und Vertrauten, der Ehe und der Familie. Das musste der Grund dafür sein, warum er ihr nicht geschrieben hatte, und plötzlich erschien ihr das so unangemessen, so falsch, geradezu gemein. Sie schrieb eine kurze Nachricht – eröffnete sie mit einem frechen *Hallo!* – änderte die Begrüßung dann aber zu etwas Dezenterem und berichtete, sie sei Ski gefahren und habe nach ihm Ausschau gehalten. Sie legte das Handy zurück und kam wieder an den Tisch. Als sie an mir vorbeiging, legte sie mir die Hand auf den Nacken, kniff mich leicht mit den Fingern und sagte, ihre Schwester hätte geschrieben. Und dann, ohne auf eine Antwort zu warten, fuhr sie fort:

»Ich kann mit Paul Edvin zusammen Böller abschießen. Du kannst doch einfach nach Hause gehen, wenn es dich nervt. Es könnte ja sein, dass mindestens einer deiner Söhne auch viel lieber nach Hause gehen würde, weißt du?«

Meine Laune besserte sich genauso, wie sie es erwartet hatte. Ich nickte in Richtung meines jüngeren Sohnes, der mir, da waren wir uns einig, am ähnlichsten war, und sagte:

»Da könntest du recht haben.«

Er starrte gerade in die Luft, dachte über irgendetwas nach, kaute mit offenem Mund seinen Puter und seine Kartoffeln, trank Limonade und hinterließ mit dem

Mund und den Fingern fettige Abdrücke auf dem Glas. Er hatte sein weißes Hemd mit Sauce bekleckert, ein länglicher Fleck, der unten breiter wurde und an Norwegen erinnerte.

Sie streckte unter dem Tisch den Fuß aus und berührte mit den Zehen mein Knie. Ich sah zu ihr hinüber, mein Gesicht wurde weich, ich hob das Glas in ihre Richtung. Sie machte es mir leichter, und so wurde es auch für sie selbst leichter, es würde schön werden.

# 9

Eines Donnerstags kam sie spät nach Hause. Es war Februar, sie waren auf Skiern unterwegs gewesen, und sie waren weit gelaufen. Sie liefen jedes Mal weiter, als sie es sich eigentlich vorgenommen hatten. Das Umkehren war unmöglich für sie geworden. Sie wollten einander zeigen, wie stark sie waren, wie weit sie kamen. Sie wollten einander zeigen, wie anders alles war, wie stark und spannungsgeladen, wenn sie zusammen waren. Und außerdem war die Föhre phantastisch gewesen. Ein Schnee, der vormittags noch pappig gewesen war und am Abend wieder fest und hart wurde, der sanfte Februarwind in den Bäumen. Um sie herum wurde es dunkel, und es waren keine anderen Skiläufer unterwegs, nur sie beide. Der Mond leuchtete einäugig und monochrom auf sie herab, in seinem Licht wirkten der Schnee und die schlanken Kiefern blau und starr.

Sie hörte das Geräusch der Skier und Stöcke auf dem

kalten, festen Schnee. Sie bremsten und sahen sich um, sagten etwas zueinander. Ihre Stimmen waren dumpf und intim hier draußen, wie eingepackt, sie hörte sich selbst wie unter einer Schneedecke. Bald war es Nacht, sie beschlossen, dass sie umkehren mussten. Ihr war warm, und sie war abgekämpft, und der Rückweg wurde länger, als sie es in Erinnerung hatte. Sie fuhr vor ihm einen Hang hinab, sie wusste, dass er sie ansah. Er beurteilte alles, was sie tat, sie spürte, wie sein Blick ihrem Rhythmus folgte. Auf den abfallenden Abschnitten stieß sie sich ab, hart und energisch, sie ging auf die Zehenballen und schob sich voran, sie duckte sich, um den Luftwiderstand an jeder kleinen Steigung zu mindern. Ihr gefiel die Geschwindigkeit, ihr gefiel es, von ihm angesehen zu werden.

Und einmal stürzte sie, sie lehnte sich zu weit in die Kurve und purzelte seitlich in eine Schneewehe. Der Schnee war weich und tief, und sie tat sich nicht weh, bekam nur eine feine Schneedusche in Gesicht und Nacken ab. Sie fühlte sich wie ein Kind. Könnte es so gewesen sein, dass die Freude in ihr aufstieg wie bei einem kleinen Kind, ja, genau so: Sie lag tief im Schnee und konnte nicht aufstehen. Er fuhr heran und bremste mit einer schwungvollen Drehung neben ihr ab, sicher und elegant, und reichte ihr die Hand, um ihr aufzuhelfen. Sein Lächeln in diesem Moment, daran würde sie sich erinnern, erst als Bild, das sie heraufbeschwören konnte, wenn sie abends auf dem Bett lag, wenn sie bei der Arbeit saß. Später würde dieses Bild sie wie ein störender Ton durch die Tage jagen, aber das wusste sie in diesem Moment noch nicht. Er zog sie hoch und fragte, ob alles in Ordnung sei. Er ließ ihre Hand nicht mehr los, sie standen da und hielten sich an der Hand. Und dann ließ er los, um ihr dabei zu helfen, den Schnee abzuklopfen. Er hatte seine Skihandschuhe ausgezogen, seine Hände waren groß und warm. Ihre Gesichter glitten aufeinander zu, und wieder auseinander, wie zufällig erleuchtete Planeten, die in einer ansonsten undurchdringlichen Dunkelheit voneinander angezogen wurden. Sie lächelten sich an und sprachen über Skitechnik. Das konnten sie doch nicht wirklich getan haben? Doch, sie hätten über alles Mögliche sprechen können, die Bedeutung dessen, was sie sagten, lag nicht in den Worten, sondern darin, wie alles ausgesprochen wurde.

Aber jetzt musste sie schnell nach Hause. Und er im Übrigen auch. Sie hatte gesagt, sie würde nach Hause kommen, bevor es spät würde, was auch immer das bedeuten sollte, auf jeden Fall, bevor die Kinder ins Bett gebracht wurden. Er fuhr das letzte Stück bis zum Parkplatz vor ihr her. Er legte seine Skier mit ihren zusammen. Abgeklärt und zärtlich sah sie zu, wie er sich zu der Skibox auf dem Dach streckte, die Bewegung seines Körpers. Wie immer nahmen sie sein Auto, sie setzte sich auf den Beifahrersitz und wurde von ihm nach Hause gefahren. Sie schickte mir eine Nachricht, bekam aber keine Antwort. Das war kein gutes Zeichen. Sie hoffte, ich wäre vielleicht schon schlafen gegangen, glaubte aber nicht recht daran. Wahrscheinlich wartete ich auf sie, ging von Zimmer zu Zimmer, war wieder einmal gereizt und ängstlich.

Das wusste sie. Ich geriet so sehr außer mir, wenn sie später kam als vereinbart. Zunächst hatte sie es nur einmal so weit kommen lassen und versprochen, dass es sich nicht wiederholen würde, aber dann wiederholte es sich doch, einmal, zweimal, und öfter. Das erste Mal war sie zu spät gekommen, als wir beide zusammen einen Pärchenausflug machen wollten. Keiner von uns mochte diesen Ausdruck, und trotzdem hatten wir angefangen, ihn zu benutzen. Eigentlich wollten wir nur ein Wochenende im Ferienhaus verbringen. Die Kinder waren bei Timmys Eltern, und wir wollten Freitagnachmittag nach der Arbeit losfahren. Sie hatte sich nach der Mittagspause mit ihm in der Kletterhalle verabredet, sie durfte wöchentlich bis zu zwei Stunden während ihrer Arbeitszeit einen Sport ausüben, und er hatte gesagt, er würde ihr das Klettern beibringen. Und das tat er auch, und dann hatte sie die Zeit vergessen. Sie hing acht Meter hoch in der Luft, er stand mit dem Seil und der Seilbremse in den Händen am Boden. Er sicherte sie, wie es heißt, und ihr gefiel es, an die Bedeutung des Wortes zu denken. Er rief ihr zu, wo sie sich festhalten konnte, etwas weiter links mit der Hand, etwas weiter oben, kannst du das fühlen? Als sie in einem schwierigen Abschnitt steckte, rief er ihr zu, sie mache das toll, sie sei gut. Sie habe Kraft in den Beinen und würde spüren, wie ihr das helfe, das sagte er.

Anschließend fuhr er sie nach Hause. Sie hatte eine Nachricht von mir bekommen, in der ich fragte, *Muss ich mir Sorgen machen, dass dir etwas zugestoßen ist, oder fängst du einfach nur an, uns zu vernachlässigen?* Aber so war es nicht, sie vernachlässigte uns nicht, weder uns noch irgendetwas anderes, das sagte sie mir später am Abend, als wir endlich im Ferienhaus angekommen waren und zusammen kochten und uns trotzdem weiterstritten. Ich hatte sie angesehen und gesagt: *Wenn das so ist, freut es mich.*

Und dann waren sie wieder klettern gewesen und hatten die Zeit vergessen, und später waren sie zusammen laufen gegangen, mehrmals, und jedes Mal waren sie länger gelaufen als geplant und zu spät zurückgekommen. Und dann hatte die Skisaison begonnen, und er hatte sie gefragt, ob sie ihn begleiten wolle. Er nahm sich mitten am Tag frei und fragte, ob sie nicht mitkommen wolle, das sei doch fast wie eine Besprechung, hatte er gesagt. Er sagte es mit einem Lachen in der Stimme, das sie inzwischen nachahmte, eine Art unbeugsames Lachen, es strahlte aus, metallisch und klar, wie der Klang einer Trompete inmitten der Nacht. Er lachte über alles, nichts war gefährlich, es half ihr, dass sie ihm allmählich ähnlich wurde. Sie mochten einander, sie hatten gemeinsame Interessen, sie waren gute Freunde geworden. Deshalb wurden ihre Ausflüge oft länger als geplant.

Sie sagte, es gefiele ihr nicht, zu festen Zeiten wieder zu Hause sein zu müssen, wenn sie einen Ausflug machte oder trainierte, und sie hörte es mich wiederholen, *feste Zeiten,* geradezu ungläubig. Ich fragte, ob sie wieder ein Teenie sei, ob ich eine Art Vater für sie geworden sei oder ob wir immer noch ein Paar wären. Immer öfter hörte sie mich so reden, drastisch, dramatisch. Ich regte mich auf: Meine Augen wurden größer, sie sah das Weiße darin, meine Hände zitterten vor Wut, ich schleuderte eine geöffnete Milchtüte in die Ecke. Anschließend musste sie mir helfen, den Boden zu wischen, es kam ihr nicht richtig vor, mir dabei zuzusehen. Sie verstand nicht, warum ich so aufgebracht war. Sie verstand nicht, warum ich sie fragen musste, ob wir immer noch ein Paar wären.

Ich würde so reden, als wäre sie mir untreu gewesen, und das sei schließlich nicht der Fall. Sie hörte mich verächtlich über dieses Wort schnauben – *untreu oder nicht untreu,* es sei doch unter unserer Würde, solche Wörter in den Mund zu nehmen. Ich sagte, sie könne jederzeit mit ihm oder wem auch immer ins Bett gehen, solange sie uns nicht vernachlässige. Ich wollte gar nicht mehr damit aufhören, dieses Wort zu benutzen, nachdem ich es einmal gefunden hatte. Sie hörte mich sagen, dass ich mich vernachlässigt fühlte, abgeschoben. Das fasste alles zusammen, was schwierig für mich geworden war. Ein anderes Mal sagte ich zu ihr, wenn sie mit ihm zusammenkomme, könne sie es noch schaffen, länger mit ihm zusammenzuleben, als sie es mit mir getan hatte. Wieder und wieder musste ich alles in Worte fassen, was mir Angst machte, alles heraufbeschwören, von dem ich wünschte, es würde nicht geschehen. Sie sah mein Gesicht vor sich, verbissen, rasend und verletzt. Ich räumte die Spülmaschine aus, während ich sprach, ich knallte die Schranktüren zu. Und im nächsten Moment redete ich davon, dass sie frei sein solle, dass sie tun müsse, was sie wolle. Solange sie mit mir zusammen sei, könne sie tun, was sie wolle und mit wem sie wolle, sagte ich. Ich stand vor ihr, ich war rot, blankäugig und fanatisch. Und sie wollte einfach nur ihre Ruhe haben.

Und jetzt kam sie also wieder zu spät nach Hause. Das war vielleicht nachlässig von ihr, sie war vielleicht nachlässig mit uns, es ließ sich nicht ändern. Sie betrachtete seine Hände, Haralds Hände, am Steuer. Haarlos, braun, geschmeidig. Sie wollte ihm davon erzählen, dass sie wieder nachlässig gewesen war. Doch da drehte er sich zu ihr um und sagte: *Ich bin immer gern allein Ski gelaufen. Aber jetzt laufe ich am liebsten zusammen mit dir.*

Das sagte er. Sie wusste, was es bedeutete. Sie wusste, was sie antworten sollte. Sie hörte sich antworten und war von ihren eigenen Worten gerührt. Warme Stöße durchzuckten ihren Körper. Er fuhr, sie sah aus dem Fenster, sie wagte es nicht, ihn anzusehen. Er sagte etwas, ohne sie anzusehen, genau das, was sie sich erhofft hatte.

Ein paar Tage zuvor hatte ich sie bei der Arbeit angerufen und geweint, sie hatte mich kaum verstanden und versucht, mich zu beruhigen, mir gesagt, ich solle doch versuchen, aus dem Haus zu gehen, eine Runde Ski zu fahren, und ich antwortete, das würde nichts helfen. Ich war schon auf Skiern unterwegs gewesen, dieselbe Loipe gelaufen, die auch sie so oft lief, zusammen mit Handschuh. Ich konnte an nichts anderes mehr denken. Ich lief so schnell, wie ich konnte, so lange es ging, damit ich erschöpft war. Das half, denn wenn ich nur erschöpft genug war, hörte ich auf zu denken. Doch kaum war ich zu Hause angekommen, dachte ich wieder an sie und ihn.

Ich sagte, wir müssten uns sehen, ich müsse sofort mit ihr sprechen. Sie ließ sich überreden, sagte, sie könne in der Mittagspause hinausgehen. Ich saß im Auto vor ihrem Arbeitsplatz, wir fuhren eine Runde, ich fing an zu reden, und dann fing ich wieder an zu weinen. Ich hielt am Straßenrand, sie hörte mir zu. Ich sagte, ich hielte es nicht mehr aus, es sei wie Folter, ich würde nur noch darauf warten, was passieren werde, darauf, dass sie mit ihm schlafe, die Kontrolle über sich selbst verliere, über alles, was passiere. Dass unsere Familie zerstört werden würde. Was solle dann aus mir werden, und wie würde es mit den Kindern weitergehen? Ich schlug gegen das Lenkrad, ich schlug mir selbst ins Gesicht, ich hyperventilierte, schluchzte und krümmte mich auf dem Sitz zusammen. Sie legte ihre Hände auf meinen Rücken, das half normalerweise. Sie forderte mich dazu auf, mich vorzubeugen und ruhig zu atmen. Sie machte ihre Stimme zärtlich, vertraut, intim. Das half ein wenig. Nach einer Weile packte sie mich hart an der Schulter und sagte: *Okay, gut. Ich verspreche, dass zwischen ihm und mir nie etwas anderes sein wird als Freundschaft. Ich garantiere es dir. Wird es jetzt besser?*

Und es wirkte. Es war, als hätte sie ein Licht angeknipst, dachte sie später. Ich weinte nicht mehr, ich sah sie mit diesem Blick an, den sie kannte und mochte. Meine Stimme wurde wieder tiefer, wurde so wie immer. Ich brachte sie wieder zur Arbeit, und als sie hineingehen wollte, bat ich sie, noch ein bisschen zu warten.

»Was du gesagt hast, war schön, das war alles, was ich gebraucht habe. Aber eigentlich will ich gar nicht, dass du mir das eine oder andere garantierst. Was für ein Leben wäre das denn für dich, und für mich? Ich will doch, dass du lebendig bist. Ich will, dass du frei bist. Ich will nicht, dass du mir eine ewige Garantie gibst. Ich hatte nur plötzlich so eine Angst, dich zu verlieren. Und ich frage mich, ob ich schon immer Angst davor hatte. Dabei ist es gerade die Angst, die uns alles kaputtmachen kann, oder? Es ist wie bei Shakespeare, es sind die verzweifelten Versuche, das Unglück abzuwenden, die schließlich zum Unglück führen. Jemand versucht, sich selbst oder andere zu retten, und erreicht damit genau das, wovor er sich gefürchtet hat. Das Problem besteht nicht darin, ob du dich in ihn verliebst oder nicht. Das Gefährliche ist, dass ich solche Angst davor habe.«

Sie berührte mich, sie versuchte das zu empfinden, was sie früher empfunden hatte. Sie sah ihre eigene Hand auf meiner Schulter, sie hielt mich fest und ließ mich wieder los, beinahe gedankenlos, sie dachte an etwas anderes.

Sie mussten ihre fachliche Zusammenarbeit beenden, weil solche etatübergreifenden Projekte durch eine staatliche Vorschrift erschwert wurden. Stattdessen wurden ihre gemeinsamen Ausflüge immer länger. Er setzte sie vor der Tür ab. Das Haus wirkte dunkel, sie konnte niemanden im Fenster sehen. Sie beugte sich zu ihm hinüber, um sich zu verabschieden, schloss den Mund und die Augen, spürte seine Wange an ihrer Wange. Sie sog seinen Geruch ein, kalt und frisch von der Geschwindigkeit und der körperlichen Anstrengung und dem Neuschnee. Aber auch etwas anderes: den Körper eines erwachsenen Mannes, eine aufregende, bittere Wärme, die aus seinen Kleidern aufstieg. Er gab ihr einen leichten, trockenen und doch verheißungsvollen Kuss auf die Wange. Er wünschte ihr viel Glück, und sie blickte auf seine Hand, er hatte sie auf ihr Knie gelegt. Sie spürte sie nicht, ehe sie sie sah. Da wurde ihr warm, sie spürte eine intensive Strahlung, die von seiner Hand ausging und sich den Oberschenkel hinauf ausbreitete. Tief in ihrem Inneren, bis ganz nach oben, sogar in den Fingerspitzen spürte sie es. Sie legte ihre Hand für einen kurzen Moment auf seine, und dann musste sie gehen.

Die Haustür war nicht abgeschlossen. Sie stellte ihre Skier im Flur ab, zog sich so leise, wie es ging, die Skischuhe aus. Leicht und ruhig trat sie ins Licht. Ich saß nicht wie sonst in der Küche. An der Stille im Haus konnte sie hören, dass die Kinder schon schliefen. Der Jüngste atmete schwer und vernehmbar, die Tür des Ältesten war geschlossen. Die Deckenlampe brannte, und auf dem Küchentisch lag ein Stapel Papiere.

Sie sagte meinen Namen und bekam keine Antwort. Sie blätterte in den Papieren, es waren Grundrisse des Hauses. Was wollte ich nur damit? Dann hörte sie mich, ich kam die Wendeltreppe aus dem Keller herauf, auf die wir so stolz waren, nachdem wir sie hatten einbauen lassen, sie war glatt und weiß wie ein Skelett. Sie sah mich zwischen den Wirbeln hinaufsteigen, wie etwas Dunkles, Fremdes, in all dem Weißen.

Wir sahen einander an, sie sagte *Hallo, ich habe mich wohl doch ein bisschen verspätet.* Auch darauf bekam sie keine Antwort. Stattdessen sagte ich, ich hätte sie nicht kommen hören. Sie fand, dass ich eigentlich ganz vergnügt aussah, vielleicht waren ihre Befürchtungen grundlos gewesen. Und ich war schließlich der, dem sie sich normalerweise anvertraute, auch über Harald. Also gab sie eine Geschichte wieder, die er ihr gerade erzählt hatte. Er sei von einem früheren Nachbarn angerufen worden, der aus dem Ort stammte, wo sie gewohnt hatten, ehe sie herzogen. Es war der Mann aus dem Haus nebenan, der dort mit seiner Frau und seinen Kindern gelebt hatte. Damals hatten sie ab und zu ein Gespräch über den Gartenzaun geführt, sich auch hin und wieder gegenseitig zum Essen eingeladen, und die Kinder hatten miteinander gespielt. Einmal aber war die Nachbarin zu Harald gegangen und hatte ihm die Hand auf die Wange gelegt, als alle es sehen konnten. Sie hatte sein Gesicht gestreichelt, und dann war sie wieder gegangen. Seit Harald und seine Frau weggezogen waren, hatten sie keinen Kontakt mehr zueinander gehabt. Jetzt aber hatte der Nachbar Harald angerufen, um ihm zu erzählen, dass sie sich scheiden lassen würden und dass es Haralds Schuld sei. Seine Frau denke nur noch an Harald, hatte er gesagt, es gehe einfach nicht mehr. Das war die Geschichte, und sie musste beim Erzählen ein bisschen lachen, so wie sie es auch zusammen mit Harald getan hatte. Ich aber stand einfach nur da und sah sie an, ich schüttelte den Kopf, als würde ich sie nicht verstehen.

»Das ist eine merkwürdige Geschichte.«

»Ja, oder?«

»Aber irgendetwas stimmt daran nicht. Merkst du das nicht? Irgendetwas fehlt in der Geschichte. Was hat er mit ihr gemacht?«

»Nichts, sie waren einfach nur Nachbarn.«

»Also ist Handschuh einer, in den sich immer alle verlieben? Ohne dass er irgendetwas dafür kann?«

»Das hat er nicht gesagt.«

»Hat er doch. Denn das war es doch wohl, was er dir eigentlich mitteilen wollte?«

»Er hat mir nur etwas erzählt, was er erlebt hat.«

»Aber was, glaubst du, hat er ihr gesagt? Wenn sie miteinander gesprochen haben, die Nachbarin und er, was für Gespräche haben sie geführt? Glaubst du, er hat mit ihr genauso gesprochen wie mit dir?«

»Nein, das glaube ich nicht.«

»Stell dir doch mal vor, er hätte es getan. Stell dir vor, er hätte ein genauso enges Verhältnis zu ihr wie zu dir gehabt, und dann hat er sich einfach zurückgezogen. Vielleicht waren sie miteinander im Bett, oder vielleicht hat sie ihm einfach nur die Bestätigung gegeben, die er von ihr wollte, und das hat ihm gereicht. Warum sind sie eigentlich umgezogen, weißt du das?«

»Sie haben drei Kinder, sie brauchten mehr Platz.«

»Nur deshalb? Bist du sicher?«

Sie bereute, dass sie es mir erzählt hatte, es war eher als nette Anekdote für mich gedacht gewesen. Und vielleicht hatte sie auch etwas anderes hineingelegt, merkte sie jetzt, eine Art Stolz, auf Harald, weil er ein Mann war, in den sich die Frauen verliebten. Warum sollte sie so etwas nicht mit mir teilen, ich wollte es doch. Jetzt beschloss sie allerdings, dass sie mir nichts mehr über Harald erzählen konnte, es ging ja doch nur schief. Sie wollte mich nicht noch etwas über ihn sagen hören, also deutete sie stattdessen auf die Papiere auf dem Tisch und sagte:

»Was willst du denn damit?«

»Das ist ein Grundriss des Hauses.«

»Das sehe ich.«

»Ich dachte, den brauchen wir, wenn wir mit einem Makler sprechen.«

»Einem Makler?«

»Einem Immobilienmakler.«

»Willst du das Haus verkaufen?«

»Ich finde, wir sollten ganz weit weggehen und noch einmal von vorn anfangen. Erinnerst du dich, dass wir mal darüber gesprochen hatten, ein Jahr auf den Lofoten zu wohnen? Ich finde, wir sollten das machen. Und zwar so schnell wie möglich.«

»Auf den Lofoten?«

»Ja, oder noch weiter nördlich. In die Finnmark, nach Spitzbergen. Das wird dir gefallen, da kannst du Ski fahren, so viel du willst. Du kannst in die Berge gehen, und klettern. Damit will ich übrigens auch anfangen.«

»Aber ich habe doch hier meine Arbeit.«

»Du findest überall eine Arbeit. Du bist Ärztin.«

»Ich mag meine Arbeit aber.«

»Ich weiß.«

»Ich weiß, dass du es weißt.«

»Ich verstehe nicht, warum du zur Bürokratin geworden bist.«

»Du hast mich damals sogar dazu ermuntert.«

»Ich ermuntere dich zu allem, was du willst. Aber jetzt müssen wir von hier weg.«

»Warum denn bloß?«

»Um unsere Liebe zu retten. Unser Leben. Die Familie.«

»So schlimm steht es doch gar nicht um uns.«

»Doch. Ich habe Angst.«

»Brauchst du wirklich solche Angst zu haben?«

»Du wirst nicht aufhören, ihn zu treffen. Du wirst es nicht schaffen.«

»Muss ich denn aufhören, ihn zu treffen? Wir sind nur gute Freunde.«

»Du fühlst dich zu ihm hingezogen. Du hast Lust auf ihn.«

»Ja, ich weiß, dass ich das gesagt habe.«

»Und er hat Lust auf dich.«

»Das kann ich nicht wissen. Und du kannst es auch nicht wissen.«

»Er will dich, das ist offensichtlich. Und du willst ihn. Und ich will, dass du frei bist, dass du tun kannst, was du willst, mit wem du willst, das weißt du.«

»Aber jetzt gilt das plötzlich nicht mehr?«

»Du bist mit mir zusammen. Ich will nicht, dass du aufhörst, es zu sein.«

»Ich habe nicht gesagt, dass ich nicht mehr mit dir zusammen sein will.«

»Nein?«

»Nein.«

»Ich habe nur Angst, dass du die Kontrolle verlierst. Du weißt nicht, was du da tust.«

»Ich habe einen neuen Freund. Einen Kumpel. Sollte das nicht möglich sein, für uns beide, dass ich einen männlichen Kumpel habe?«

»Doch. Ich erkenne dich nur nicht wieder. Du bist gar nicht mehr hier bei uns. Ich habe Angst, dass alles zwischen uns kaputtgeht, verstehst du das denn nicht?«

»Ich kann meine Arbeit nicht aufgeben. Ich kann nicht umziehen.«

»Warum nicht?«

»Ich möchte, dass er Teil meines Lebens ist.«

Das sagte sie, und sie spürte, wie ihre Augen brannten, wie ihre Gesichtshaut brannte, ihre Hände, Zehen, Knie, ihr Geschlecht, die Ohrläppchen. Sie ließ ihren Tränen freien Lauf, es war, als würde sie sich in die Hose machen oder übergeben. Sie weinte und drehte sich nicht weg und wischte sich nicht das Gesicht ab, sie sah mich weiterhin an, während ihr die Tränen liefen.

Ich stand auf, ich ging von ihr weg, ich stand neben der Spüle und drehte mich erneut zu ihr um und fragte:

»Ist das so?«

Und sie sagte:

»Ja.«

Und ich fragte:

»Du willst ihn nicht aufgeben?«

Und sie sagte:

»Ich kann nicht.«

Und ich fragte:

»Du willst nicht aufhören, ihn zu sehen? Egal, wohin es führt?«

Und sie sagte:

»Ich kann nicht.«

Und ich sagte:

»Gut, dann muss ich aufgeben, dann muss ich einen Weg finden, es auszuhalten.«

Und sie sagte:

»Muss es denn so schwierig sein?«

Und ich fragte:

»Aber hast du darüber nachgedacht, wie das enden soll?«

Und sie sagte:

»Was meinst du damit, wie das enden soll?«

Und ich fragte:

»Was soll aus uns werden, aus dir und mir, und aus ihm und dir, hast du darüber nachgedacht? Wenn du ihn so gern magst, wie soll das enden? Und was soll am Ende aus uns werden?«

Und da antwortete sie, allerdings tonlos, widerwillig, es fiel ihr selbst auf:

»Nein, darüber habe ich nicht nachgedacht.«

Solche Gespräche, sie will nicht darüber nachdenken, warum sollte sie auch, sie will weiter, aber die Gespräche kehren zu ihr zurück, wie aus dem Nichts. Sie ist im Auto unterwegs, sie läuft eine Treppe hinauf, sie sitzt im Büro vor dem PC, und plötzlich taucht mein Gesicht vor ihr auf. Der Gedanke an mein Gesicht. Sie erinnert sich an etwas, was wir sagten, daran, wie ich mich zu ihr vorbeugte, an meine Stimme, wenn sie hart und ängstlich wurde. In meinen Augen lag etwas Unbeugsames. Sie wollte meinem Blick entkommen, sich von mir abwenden, aber es ging nicht. Ich war ihr Mann, ihr Partner, derjenige, mit dem sie lebte. Alles hing davon ab, dass wir uns trafen, unseren Blicken standhielten. Und so blieb sie sitzen und nahm die Intensität und Verzweiflung und Wut entgegen, die ich in all den Stunden aufgebaut hatte, in denen wir uns nicht sahen, bis sie endlich abflaute, ausbrannte und von allein verglühte.

Sie erinnert sich, wie ich auf dem Stuhl saß und mich wegdrehte. Ich fuhr mir mit der Hand über das Gesicht, wieder und wieder, ich wollte es ausziehen, ohne mein altes Gesicht weitergehen. Sie erinnert sich, sie sieht es vor sich, sie hört unsere Stimmen in dem Zimmer, das es nicht mehr gibt. Meine Stimme, suchend und jagend, die nicht aufgeben will, die Stimme, die immer weiter argumentiert, unerbittlich und rechthaberisch darauf beharrt, dass alles, wovor ich Angst habe, wahr ist. Und sie, die versucht, alles von sich zu weisen. Ihre Stimme wird heller, es liegt mehr Druck und weniger Klang darin, sie kann sich selbst kaum hören. *Nein, so ist es nicht. Nein, warum sagst du das? Nein, nein, ich weiß es nicht, nein.*

Sie erinnert sich, an alles, sie legt sich die Hand auf die Augen, und dann lässt sie es vorbeiziehen, auf den Grund sinken, vergisst es wieder.

Ein niedriges Haus, in einer Reihe, verbunden mit anderen, identischen Häusern. Eine ziemlich stille Straße. Waagerechte, schwarzgebeizte Holzbalken. Über dem Boden eine weiße Grundmauer und weiße Fensterrahmen. Und eine rote Tür, die sie oft vermisst. Sie kehrte so gern zu dieser Tür zurück, die das Haus aussehen ließ, als würde es in einem verwunschenen Wald liegen, wie aus einem Märchen. Aber die Tür war oben nicht rund, und das Haus lag nicht im Wald. Auf der Rückseite des Hauses lag ein kleiner Garten mit alten, knorrigen Obstbäumen. Die Bäume waren viel älter als die Häuser, ursprünglich waren sie Teil eines riesigen Obstgartens gewesen, der zu einem großen Hof gehört hatte. Der Name des Hofs war zum Namen des Ortsteils geworden. Auch die Schule und das Einkaufszentrum waren danach benannt worden, lange nachdem der Hof abgerissen worden war.

Die Reihenhäuser waren in den 1960er Jahren erbaut worden, und jetzt sah es so aus, als wären die Bäume innerhalb der Zäune gepflanzt worden: vier kleine Bäume in ihrem jeweiligen kleinen Garten. Einer der Bäume in unserem Garten hatte einen starken, tiefhängenden Ast, wie gemacht, um eine Schaukel daran zu befestigen. Dafür hatte schon der Vorbesitzer gesorgt. Ein ungestrichenes Brett an zwei groben Seilen, eine Schaukel, wie man sie sich in einem sommerglitzernden Traum von Kindheit vorstellt. Unsere Söhne saßen darauf, streckten ihre Beine mit den nackten, molligen Knien aus. Und immer, wenn sie auf der Schaukel saßen, fingen sie an zu singen. Erst der eine, dann der andere, den ganzen Sommer über saß eines unserer Kinder auf dieser Schaukel und sang, all die Jahre, schien es, so lange der Traum unserer Familie währte.

Und jetzt war sie nach Hause gekommen, und ich hatte auf sie gewartet, und ich hatte gesagt, *Was soll aus uns werden,* und *Wie soll das mit uns enden?* Sie konnte nicht daran denken, konnte nicht darüber sprechen, sie musste es für sich behalten, und sie sagte:

»Wollen wir uns nicht einfach hinlegen?«

Und ich fragte:

»Willst du das?«

Und sie sagte:

»Ja, gern, ich bin so müde und erschöpft.«

Also taten wir es, wir zogen uns aus und legten uns nebeneinander. Wir durften nicht schlafen. Sie drehte sich zu mir und strich mir mit der Hand über die Wange, sie umfasste meinen Nacken. Sie spürte meine Hand auf ihrer Hüfte, sie rückte näher zu mir heran, und dann fingen wir wieder an, die sanften Laute, das Murmeln und das Lachen und das Flüstern, und sie legte sich auf den Rücken, und ich legte mich auf sie, und sie fragte:

»Willst du?«

Und ich sagte:

»Ja.«

Und sie sagte:

»Dann komm.«

Und ich sagte:

»Ja.«

Und dann hörte sie mich sagen:

»Die Herzen dürfen sich nicht verschließen.«

Habe ich das wirklich gesagt, es klang wie aus irgendeinem mittelmäßigen Popsong, aber sie glaubte schon, es verriet etwas darüber, wie weit es mit uns schon gekommen war, und mit mir, kein Wort war zu klein, und sie sagte:

»Nein.«

Und dann sagte sie:

»Ja.«

Und dann sagte sie:

»Ich liebe dich.«

Auch wenn sie dachte, sie hätte es nicht sagen sollen, nicht jetzt, aber sie sagte es trotzdem, und wir sagten es beide, wir sagten es uns in den Mund, riefen es in den anderen hinein, damit es wieder wahr wurde, und sie legte die Arme um meinen Rücken und die Hände in meinen Nacken. Sie kratzte mir den Rücken, suchte mit den Nägeln nach Unebenheiten auf meiner Haut. Sie hörte mich etwas sagen, aber plötzlich verschwand meine Stimme für sie. Sie spürte den Puls in ihren Ohren, als würde irgendwo im Haus ein Tischler stehen und mit dem Hammer gegen die Wand schlagen. Kurz darauf musste sie eingeschlafen sein. Sie wurde davon wach, dass es dunkel im Zimmer war und ich ihren einen Oberschenkel hob. Sie spürte, dass ich in ihr kam, und dann hörte sie mich sagen, wie schön sie war, wie schön es gewesen war und dass ich sie noch einmal haben wollte. Sie hatte meine warme Stimme im Ohr, ich fühlte mich wieder sicher und geborgen, ich hatte keine Angst mehr. Sie hatte mir ein Gefühl der Sicherheit gegeben, oder wir hatten es uns gegenseitig gegeben. Ich fragte sie, ob es eine schöne Skitour gewesen sei, und sie bejahte es. Ich wollte, dass sie mir davon erzählte, und sie erzählte, wie weit sie gelaufen waren, wie schön es draußen gewesen war, wie still. Sie erzählte vom Geräusch der Skier, vom Neuschnee, von den Loipen, dem Mond, dem Schatten der Bäume auf dem eisblauen Schnee. Sie hörte mich fragen, wer von uns vorangelaufen sei, und sie wusste, worauf ich hinauswollte. Sie erzählte, erst sei er vorausgelaufen, und sie habe ihn betrachtet. Ich fragte, ob sie ihn gut aussehend finde, und sie sagte ja, er sei attraktiv, er bewege sich schön, sei stark und laufe in einem schönen Rhythmus. Ich bewegte mich in ihr, sie hörte ihren eigenen Atem, und sie hörte mich sagen, dass ich ihn vor mir sähe, seinen Rücken, seinen Rücken auf ihr. Ich sagte, ich wüsste, dass es passieren würde, es müsste passieren, es führe kein Weg daran vorbei, eines Tages werde sie so liegen, wie sie jetzt lag, auf dem Rücken im Bett, mit ihm auf sich. Sie hörte mich sagen, dass ich mir wünsche, ich könne in diesem Moment da sein, ich könne sie sehen, könne ihre Hände auf seinem nackten Rücken sehen, während er auf ihr liege.

»Das sagst du doch nur«, sagte sie.

»Ja«, sagte ich, »aber ich sehe es vor mir, und ich weiß, dass es passieren wird.«

»Du wirst es nicht ertragen.«

»Doch, solange ich weiß, dass du mein bist, kannst du machen, was du willst.«

»Das glaube ich nicht.«

»Warte mal ab, es wird passieren.«

»Glaubst du das wirklich? Du gibst mich für ihn frei.«

Und so weiter, sie will nicht mehr daran denken. Doch sie kann es nicht sein lassen, sie denkt daran, wie sie in der Dunkelheit unter mir lag und sich vorstellte, an einem ganz anderen Ort zu sein, in einem anderen Bett, mit einem anderen Mann, mit ihm. Und dann, als wir fertig waren, wollte ich nicht mehr über ihn sprechen, als gäbe es ihn nicht, und das machte sie wütend, auf eine Weise, die sie selbst nicht begriff. Ich wollte nur noch neben ihr liegen, sie umarmen, mit dem Gesicht in ihrem Nacken liegen.

Zum Glück schlief ich anschließend ein, und ich schlief die ganze Nacht, ohne sie zu wecken. Tags darauf standen wir auf, sie duschte, ich weckte die Kinder, wir frühstückten. Unsere Söhne gingen in die Schule, zuerst der Jüngere, dann der Ältere, und dann war das Haus leer, dann gab es nur noch sie und mich. Sie hatte Angst, ich könnte sie ausfragen. Sie musste gehen, sie machte sich fertig, zog ihren dunkelgrünen Rock an, der gerade so die Knie bedeckte, und die weiße Bluse, die an den Schultern ein bisschen zu eng saß, in der sie sich aber trotzdem gefiel. Sie wusste, dass ich eine Schwäche für diese Bluse hatte, aber sie zog sie nicht deshalb an, nicht mehr. Sie legte Eyeliner auf, einen feinen Strich, so fein, dass man ihn kaum sah, aber er verlieh ihr ein Gefühl von Sicherheit. Ich stand daneben und sah ihr zu.

»Wirst du ihn heute treffen?«

»Ich werde nach der Arbeit nur kurz einen Kaffee mit ihm trinken gehen.«

»Du machst dich hübsch für ihn.«

»Ich mache mich einfach nur so hübsch. Wie immer.«

»Ja, aber jetzt machst du es für ihn.«

»Findest du das dumm?«

Ich schüttelte den Kopf. Meine Augen waren feucht. Sie musste sich beeilen, von hier wegzukommen. Sanft schob sie mich zur Seite, suchte ihren Rucksack, das Handy, alles, was sie brauchte. Ich lief ihr hinterher, ich hatte mich noch nicht rasiert, hatte nicht geduscht, auf der einen Seite stand das Haar von meinem Kopf ab wie ein Pinsel und verriet, wie ich geschlafen hatte.

»Glaubst du, dass ihr zusammenkommt?«

»Das ist doch wohl kein Szenario, das wir uns ausmalen müssen.«

»Was ist das für ein Ausdruck? Ich verstehe nicht, was das heißen soll.«

»Ich glaube nicht, dass das passieren wird.«

»Du weißt, dass du mich nicht verlieren wirst, selbst wenn du etwas mit ihm anfängst.«

»Ich glaube nicht, dass du das schaffen würdest.«

»Was sollte ich nicht schaffen?«

»Nicht mehr die Nummer eins für mich zu sein.«

»Nummer eins?«

»Ja.«

»Werde ich denn die Nummer zwei sein?«

»Ja.«

Ich stand da und sah sie an, ich hielt ein Buch in der einen Hand und ein Wasserglas in der anderen. Mein Gesicht war rotgefleckt, als wäre ich geohrfeigt worden. Sie dachte: Jetzt muss ich los, bevor es zu weit geht, sonst wird es noch den ganzen Tag dauern. Sie sagte:

»Ich empfinde eine solche Zärtlichkeit für dich, Jon.«

Und das war ein Fehler, natürlich, sie hätte das nicht sagen sollen, sie hätte diesen Ausdruck nicht benutzen dürfen, das verstand sie sofort. Sie sah, wie die Farbe aus meinem Gesicht wich und kurz darauf wieder zurückkehrte. Sie konnte sehen, dass ich wütend wurde, oder außer mir geriet, es war, als würde ich in mir zusammenfallen und versuchen, mich selbst wieder hochzuziehen, ich schleuderte das Buch auf den Boden, entleerte das Wasser ins Waschbecken, knallte das Glas auf die Arbeitsfläche. Ich sagte etwas wie, dass es mir nicht gerade helfen würde, wenn sie Mitleid mit mir empfinde. Sie sagte, sie müsse jetzt gehen, mit Betonung auf *müsse,* es war, als würden mir unsere Berufe nichts mehr bedeuten, als wollte ich ein Drama auf Leben und Tod, in dem alles andere verschwand. Doch das konnte sie natürlich nicht sagen.

Wir standen da und sahen einander an.

Sie zog den Rucksack auf und band sich den Schal um.

Und dann geschah es, wie schon so oft, dass etwas in meinem Gesicht weicher wurde.

Ich ging zu ihr und umarmte sie. Sie erwiderte die Umarmung, sie spürte, wie ich sie auf die Wange küsste. Ein bisschen zu feucht für ihren Geschmack. Sie sah zu mir auf, ich war größer als sie, aber nicht so groß wie er, und der Unterschied überraschte sie. Sie durfte jetzt nicht daran denken. Ich zog sie an mich und flüsterte ihr ins Ohr:

»Ich weiß, dass du mich liebst.«

Und dann ließ ich sie wieder los, schob sie geradezu von mir weg, vermutlich, um ihr ins Gesicht zu sehen. Und sie konnte nicht antworten, sie hatte keine Ahnung, was sie sagen sollte. Sie versuchte zu lächeln und nickte mir zu, setzte ein Lächeln auf, zusammen mit diesem frechen, sportlichen Nicken, dem einzigen, was sie mir in diesem Moment geben konnte. Und dann ging sie. Ich hielt die Tür fest, damit sie sie nicht hinter sich schließen konnte. Aber sie lief, so schnell sie konnte, sie wollte sich nicht umdrehen und mich ansehen.

Sie denkt daran, und dann denkt sie nicht mehr daran. Sie steht auf und geht zum Fenster, draußen ist es dunkel, sie sieht ihr eigenes Gesicht, das sich im Glas spiegelt. Sie erinnert sich an einen Abend am Ende dessen, was unser gemeinsames Leben gewesen war, kurz bevor wir einander nicht mehr kannten. Da öffnete sie die Tür zum Bad, sie hatte einen Laut gehört und musste mitansehen, wie ich über das Waschbecken gebeugt stand und weinte. Ich betrachtete mich dabei selbst im Spiegel. Sie erinnert sich, dass es aussah, als würde mein Gesicht zerreißen, sie blieb einen Moment stehen und sah zu, wie mir die Tränen liefen, der Rotz lief, die Spucke lief, ich schluchzte und gurgelte und brüllte und heulte wie ein Kind, dachte sie, aber gleichzeitig sah ich mir dabei selbst in die Augen. Daran erinnert sie sich, sie bleibt sitzen und denkt eine Weile darüber nach, sie steht auf und verlässt das Zimmer, und dann erinnert sie sich nicht mehr.

# 10

Es müsste ein Gespräch bei Tageslicht sein, in einem Büro oder einem Wartezimmer, wir müssten nebeneinander warten, dass man uns hereinbittet, ohne eine Möglichkeit, wieder zu gehen, dann könnten wir endlich miteinander reden.

»Was war das, was mit uns passiert ist, verstehst du das?«

»Eines Tages hast du dich plötzlich von mir zurückgezogen, wolltest mich nicht mehr anfassen, konntest nicht mehr sprechen. Die Verliebtheit war wie eine schwere Krankheit, sie kam schnell und veränderte alles.«

»Für mich war es so, als würde ich plötzlich gesund werden. Ohne zu wissen, dass ich krank gewesen war. Mir gefiel das Leben mit dir ja. Ich dachte, ich wäre glücklich, wenn man dieses Wort überhaupt noch verwenden kann. Aber eine Weile, nachdem ich ihn kennengelernt hatte, drehte ich mich um und blickte erneut auf das, was mein Leben gewesen war.«

»Und was darin fehlte, war er?«

»Darauf muss ich nicht antworten.«

»Ich erinnere mich an einen Abend, als du am Fenster gestanden und vor dich hingelächelt hast, und ich habe mich gefragt, worüber du lächelst. Ich wusste es, aber ich musste trotzdem fragen. Du hast geantwortet, du hättest nur gerade an etwas denken müssen. Du wollest mir nicht erzählen, was es war, hast aber weiter gelächelt, irgendwie geheimnisvoll. Du wolltest mir wohl zeigen, dass dir etwas Wunderbares widerfahren war. Und dieses Wunderbare war, dass du dich von mir befreit hattest.«

»Daran kann ich mich nicht erinnern.«

»Du wolltest mir zeigen, wie verliebt du warst.«

»Schließlich warst du mein engster Vertrauter.«

»Kurz darauf klingelte dein Telefon. Du bist ins Bad gegangen, um den Anruf entgegenzunehmen, ich habe deine Stimme von dort gehört, du hast mit ihm gesprochen, etwas mehr als eine Stunde.«

»Ich war dir gegenüber rücksichtslos.«

»Ja.«

»Es ging nicht anders.«

»Ich bin froh, dass du dieses Wort ausgesprochen hast.«

»Welches Wort? Meinst du *rücksichtslos?*«

»Ja, es hilft mir, dich das sagen zu hören.«

»Das verstehe ich. Aber eigentlich …«

»Aber eigentlich?«

»Du weißt schon.«

»Was denn? Ach, du meinst, dass eigentlich nicht du diejenige bist, die das sagt.«

»Darum geht es nicht. Aber du legst mir die Wörter in den Mund. Du stellst dir vor, ich wäre hier und würde mit dir reden. Du kannst mich alles sagen lassen, was du willst.«

»Nicht alles, was ich will, das habe ich schon versucht, es geht nicht. Ich kann dich nicht dazu bringen, etwas anderes zu sagen als das, wovon ich glaube, du hättest es gesagt, wenn du wirklich da gewesen wärst. Aber es hilft mir trotzdem, es zu denken. Dass ich es dich sagen höre.«

»Was hättest du dir denn von mir gewünscht?«

»Wozu ich dich nicht bringen konnte?«

»Ja.«

»Vielleicht Entschuldigung.«

»Ist Entschuldigung denn nicht viel zu einfach, Jon? Und wofür sollte ich mich eigentlich entschuldigen?«

»Dass du es zugelassen hast? Und dass du dich selbst nicht gut genug kanntest, um zu sehen, was du da gerade machst, zusammen mit ihm, weshalb dir am Ende gar keine Wahl blieb.«

»Am Ende blieb mir keine Wahl.«

»Genau. Und ich würde mir wünschen, dass du dich dafür entschuldigst, Timmy.«

»Vergisst du da nicht etwas?«

»Du meinst, meine eigene Rolle in all dem, was passiert ist? Du meinst, ich hätte dich einfach in Ruhe lassen sollen, hätte ertragen sollen, dass du plötzlich *madly in love* warst? Das hätte ich tun sollen. Ich hatte mich darauf vorbereitet, dass so etwas passieren würde, wir beide hatten uns mehrere Jahre lang darauf vorbereitet, auch wenn wir uns dessen gar nicht bewusst waren, deshalb hätte ich durchhalten und darauf warten sollen, dass es wieder vorübergeht. Es hätte lange dauern können, vielleicht ein Jahr, vielleicht mehrere, ehe deine Verliebtheit nachgelassen hätte. Trotzdem hätte ich durchhalten sollen. Wir hätten eine dieser Beziehungen geführt, in der jeder sein eigenes Leben lebt. Das machen ja ohnehin viele. Du wärst noch seltener zu Hause gewesen, öfter gereist und länger weg gewesen als vorher. Er hätte dich abgeholt und wieder nach Hause gebracht. Die Nachbarn hätten sich an den Anblick seines Autos gewöhnt. Die Kinder hätten von ihm erfahren. Alle hätten geahnt, was los ist, aber nicht viele hätten den Gedanken zu Ende geführt. Und wir beide hätten am Ende auch aufgehört, darüber zu reden. Es wäre eine stillschweigende Übereinkunft zwischen uns gewesen. Wir hätten seltener miteinander geschlafen, hätten aufgehört, uns zu küssen, außer zu besonderen Anlässen. Kurze Küsse, ein kameradschaftliches Schulterklopfen. Wir hätten unsere eigenen Leben gelebt, mit unterschiedlichen Interessen und getrennten Freundeskreisen. Ich wäre sicher ein bisschen verwahrlost, aber das trifft ja auf viele Männer zu. Ich wäre im Herbst zu lange in meiner alten Sommerjacke unterwegs gewesen und im Frühling zu lange mit meiner Winterjacke. Ich hätte zu viel gegessen, wäre mit ausgelatschten Schuhen herumgelaufen, hätte zu lange gewartet, bis ich mir einen Friseurtermin geben lasse und weniger auf mich Acht gegeben als vorher. Meine Nachlässigkeit hätte ihren anfänglichen Charme verloren. Außerdem hätte ich auch angefangen, mehr Sport zu treiben, um die Demütigung zu kompensieren. Oder hätte es nicht einmal als Demütigung aufgefasst. In der Liebe geht es um Macht, und Machtverhältnisse verändern sich ständig, auch zwischen zwei Menschen, die zusammenleben. Früher oder später hätte ich mich auch verliebt, sanft und flüchtig und vorübergehend, um das Gleichgewicht wieder herzustellen. Wahrscheinlich hätte ich jemanden auf einem Autorenseminar kennengelernt. Eine Frau mit kurzen Haaren und einer filigranen Brille, die nach teurer Handcreme riecht und eine graue Golfjacke aus Kaschmir trägt. Eine so rührende, weiche Jacke! Jedes Mal, wenn sie sich streckte, wäre die kurze Jacke hochgeglitten und hätte ihre helle Haut entblößt. Und wenn ich sie umarmt hätte, wäre sie hingebungsvoll in meine Arme gesunken, so wie du dich nie hast fallen lassen. Ich hätte so leben können, hätte ihr verlässlicher, freundlicher Liebhaber sein können. Ein erwachsenes, nüchternes Verhältnis, ein schlichtes Glück, von außen betrachtet. Aber ich hätte es nicht so weit kommen lassen, ich wäre viel zu zwiegespalten gewesen und hätte mich irgendwann vorsichtig zurückgezogen. Ich hätte dir nie von ihr erzählt, so etwas teilten wir nicht mehr miteinander. Und wenn du weiter mit Handschuh zusammengeblieben wärst, hättest du dich früher oder später mit ihm gestritten. Und ich wäre zu Hause gewesen, wie immer. Ich hätte gesehen, dass irgendetwas mit dir ist, und dich hoffentlich in Ruhe gelassen. Du wärst in die Badewanne gegangen, hättest Schokolade gegessen, schon allein das war ungewöhnlich. Vielleicht wärst du gekommen und hättest dich neben mich gesetzt, ohne etwas zu sagen, und ich hätte, ebenfalls schweigend, den Arm um dich gelegt. Vielleicht wärst du mit dem Kopf an meiner Schulter eingeschlafen und wieder aufgewacht, ohne zu wissen, an wessen Schulter du eingeschlafen bist. Und früher oder später hätte ich wieder deine Hand auf mir gespürt, die warme Hand auf meinem Nacken, während ich Auto fuhr. Oder auf meinen Unterarm, wenn du mich zurückhalten und etwas zu mir sagen wolltest. Ich hätte immer noch daran gedacht, wozu du die Hand eingesetzt hattest, all die Male, die du mit ihm zusammen warst und nicht mit mir. Aber vielleicht hättest du anfangen, das zu vermissen, was wir beide zusammen gehabt hatten, wie wir durch Dritte miteinander flirteten und glaubten, wir könnten uns ein anderes Leben aufbauen. Oder hatte nur ich das gedacht, dass wir etwas schaffen würden, was niemandem sonst auch nur annähernd gelungen war? Für dich war alles einfacher und pragmatischer. Aber dennoch. Hätte ich nicht solche Angst gehabt, und wäre ich nicht so verzweifelt und außer mir gewesen, und hätte ich dich einfach nur mit ihm machen lassen, was du wolltest, für ein oder zwei oder drei Jahre, dann wärst du aller Wahrscheinlichkeit nach wieder zu mir zurückgekommen und diejenige geworden, die du schon vorher warst, zusammen mit mir, meinst du nicht? Und hätten wir dann nicht eine modernere Form der Liebe gelebt, eine abgekürzte, realistischere Zärtlichkeit? Ein havariertes, aber schrittweise wieder aufgebautes Vertrauen. Und unsere Gesichter, vom Leben verwüstet, hätten immer verbrauchter ausgesehen, aber sanfter und freundlicher als zuvor. Ich stelle mir vor, dass unsere Gesichter mit einer ganz eigenen Form der Resignation zueinanderfinden, in einer verzwickten, aber milderen Neugier. Glaubst du das nicht auch? Und hätte dieses Leben nicht stärker werden können als das erste, an dem wir uns versucht hatten? Hätte das denn kein mögliches Leben für uns sein können? Warum antwortest du nicht?«

# 11

Ein paar Wochen darauf passierte etwas mit mir. Etwas nahm in der Dunkelheit Form an, in meinem Körper, während ich schlief. Unser älterer Sohn war der einzige, der verstand, was vor sich ging, aber er erzählte es nie jemandem. Timmy und ich waren gerade auseinandergegangen, wie wir es nannten, wir wohnten abwechselnd für eine Woche im Haus, und jetzt war ich an der Reihe. Ich war abends zu Hause, der jüngere Sohn schlief, der ältere saß in seinem Zimmer vor dem Bildschirm. Er spielte die Sims, hatte aber, was ungewöhnlich war, die Tür offen stehen lassen, weil er mich nicht aus den Augen lassen wollte.

Er beobachtete, wie ich den Kühlschrank ausräumte und altes Essen wegwarf. Das Essen, was ich selbst eingekauft hatte, ließ ich liegen. Ich rührte auch das Essen nicht an, was Timmy neu gekauft hatte. Aber alles, was wir zusammen gekauft hatten, als wir noch ein Paar waren, nahm ich aus den Fächern und warf es in den Müll. Senfgläser und Fischpastete, Gläser mit Oliven und Sardinen, Tacosauce und Mangochutney, schmierige Gläser mit sonnengetrockneten Tomaten, angelaufene Kapern, ausgetrocknete Marmelade, verschimmelte Saure Sahne, Bierdosen, eine runzelige Bratwurst, blasse, verschrumpelte Zitronen und die sterblichen Überreste eines Salats, der am Rand braun geworden war. Ich entsorgte auch ein ungeöffnetes Glas mit Honig, mehrere Tuben Mayonnaise, geschlossene Thunfischdosen und eine Packung Räucherlachs. Ich warf alles weg, was schon vorher da gewesen war. Ich entledigte mich unseres alten Lebens, füllte einen Müllsack nach dem anderen, knotete ihn zu, trug ihn hinaus und warf ihn weg. Unser Sohn konnte hören, wie der schwere Plastikdeckel unserer Mülltonne zugeknallt wurde, brutal und trotzig. Doch anschließend muss ich mich besser gefühlt haben, denn als ich wieder hereinkam, sang ich. Und es missfiel ihm, dass ich sang und das ganze Essen wegwarf, das unser Familienessen gewesen war, denn es bedeutete, dass ich auf der falschen Seite stand, dass ich die gewaltigen Veränderungen in unserer Familie auch noch beschleunigte. Offensichtlich wollte ich alles vergessen, was gewesen war, und das missfiel ihm an mir.

Als ich damit angefangen hatte, unseren Kühlschrank auszuräumen, war er sofort zu mir gekommen und hatte mich gefragt, was ich da eigentlich mache, warum ich unser Essen wegwerfe. Ich antwortete, es seien so viele alte Sachen darunter, und der Kühlschrank müsste geputzt werden. Er sah mir dabei zu, wie ich weiter alles entsorgte, was wir normalerweise mittags oder abends auf den Esstisch gestellt hatten, in dem, was unser gemeinsames Leben gewesen war. Eine Dose mit Pfeffermakrelen, von der nie jemand gegessen hatte, die nie geöffnet, aber immer herausgestellt worden war und die auch in Zukunft immer herausgestellt werden *musste,* damit seine alte Welt bestehen blieb, so wie er es jetzt mehr denn je brauchte. Mit groben, schnellen Handbewegungen sortierte ich Altes und Neues aus. Und bemerkte seinen Widerwillen nicht, seine Wut, seine Verzweiflung. Er blieb stehen und sah mich an, er räusperte sich demonstrativ, er spürte, wie die Tränen in seinen Augen brannten, wie der Puls ganz eklig in seinen Ohren rauschte, aber ich machte einfach weiter. Ich steckte die Hand tief in den Kühlschrank hinein und zog etwas hervor, was an der Rückwand festgefroren gewesen war, ich drehte mich mit der eingesunkenen Paprika zu ihm um, die an ein verschrumpeltes kleines Tierherz erinnerte, und fragte ihn, ob er sie noch essen wolle, es war als Scherz gedacht gewesen, aber er schüttelte nur angewidert den Kopf.

Dann ging er in sein Zimmer. Er knallte die Tür hinter sich zu, er weinte vor Wut, aber auch das schien ich nicht zu bemerken. Kurz darauf wurde es in der Küche ganz still, und er fragte sich, womit ich jetzt beschäftigt war. Vielleicht würde ich weiterhin alles wegwerfen, was zu unserem alten Leben gehört hatte, vielleicht saß ich gerade am Computer und löschte Fotos. Er verließ sein Zimmer und tat so, als wollte er fernsehen. Doch mittlerweile saß ich am Tisch, las ein Buch und hatte ein kleines Küchenglas randvoll mit Rotwein gefüllt. Ich sah ihn an, ich lächelte dünn und sonderbar, wie es neuerdings meine Art war. Auch das missfiel ihm, dieses Lächeln, das ich mir nach der Scheidung angewöhnt hatte. Er nannte es Scheidung, auch wenn die Formalien noch nicht erledigt waren. Er konnte das Wort nicht ausstehen, es klang wie ein schrecklicher Fehler, und das war es ja auch, vor allem für ihn. Die Hülle unserer Familie war aufgebrochen, und alle, die wir kannten, konnten hineinsehen oder glaubten, sie könnten es. Er schämte sich für uns. Er sah mich an, inzwischen lag ich mit dem Oberkörper auf dem Tisch, ohne mich zu bewegen, als würde ich schlafen. Plötzlich hob ich mein Gesicht vom Buch und fragte, ob er Hunger hätte, ob wir etwas zusammen essen wollten. Er lehnte dankend ab, er hatte auf dem Heimweg einen Burger gegessen, aber das wollte er mir nicht erzählen.

Er saß vor dem Fernseher und sah mich erneut zum Kühlschrank gehen. Das einzige, das zu entsorgen ich nicht übers Herz gebracht hatte, war eine Schüssel mit Risottoresten. Er wusste warum, es war das letzte Essen, das ich für sie gekocht hatte, als wir noch zusammen waren. Sie war auf Geschäftsreise gewesen, und als sie am späten Abend zurückkam, stand das Essen bereit. Das war nicht ungewöhnlich, ungewöhnlich war, was danach passierte.

Wir saßen am Tisch, wir redeten und machten ganz ruhig miteinander Schluss. Sie weinte ein bisschen, nicht viel. Einige wenige Tränen rannen über ihr Gesicht und tropften ins Essen. Ich hatte schon vorher so viel geweint, das hatte er im letzten Jahr so oft gesehen und gehört, dass er annahm, am Ende sei ich kalt und entschlossen geworden. Anschließend hatte sie sich im Gästezimmer schlafengelegt, und ich hatte aufgeräumt. Hatte die Essensreste in eine kleine Schale in das oberste Kühlschrankfach gestellt, und seither stand sie dort.

Das war jetzt drei Wochen her.

In der Schale lag der aufgequollene Risottoreis mit Weißwein und gebratenen, italienischen Steinpilzen, knusprigen Speckstreifen, Roten Beeten, Thymian und geriebenem Parmesan. Jetzt gab ich die letzten eingetrockneten Essensreste in die Bratpfanne und erhitzte sie. Er hatte das Gesicht zum Fernseher gewandt, verfolgte aber alles, was ich tat. Er sah, wie ich noch mehr Essen wegwarf, das ich in den Schränken fand. Körnermischungen, Rosinen, gerissene Mehltüten und halbleere Kekspackungen. Sogar ungeöffnete Tüten mit Kartoffelchips und Erdnüssen landeten im Müll, nur weil sie zu unserem alten Leben gehörten. Er beschloss, die Chips und die Erdnüsse aus dem Müll hervorzuwühlen und in die Schränke zu räumen, am Montag, wenn ich wieder weg war. Nur die Reste von der alten Scheidungsmahlzeit hatte ich nicht weggeworfen, die wollte ich jetzt komischerweise noch essen. Er sah, wie ich am Herd stand und in der Pfanne rührte, bis der Reis wieder warm und weich und goldfarben wurde. Ich aß direkt aus der Pfanne, im Stehen neben der Spüle. Es wirkte demonstrativ, es sah mir nicht ähnlich. Er setzte sich auf einen anderen Sessel, damit er mich nicht mehr sehen musste. Allmählich wurde er gefesselt von dem, was er sah, einen Dokumentarfilm über religiöse Sekten in den USA. Irgendwann sagte eine Frau, ein ehemaliges Scientology-Mitglied, sie würde nie wieder sie selbst sein können. Man habe sie davon überzeugt, dass ihr altes Leben voller Leere gewesen sei, aber jetzt sehne sie sich nur noch danach, wieder zu dem zurückzukehren, was gewöhnlich und normal war. Er stellte den Ton lauter, damit ich hörte, was sie sagte. Diese Sätze nahmen eine andere Bedeutung an, in diesen Räumen, genau jetzt. Er hörte, wie ich die Bratpfanne spülte, sie unter laufendem, heißem Wasser abwusch. Aus irgendeinem Grund wusste er sofort, dass ich die Essensreste in der Spüle liegenlassen würde. Ich war derjenige, der immer gesagt hatte, die Spüle müsse von Essensresten gereinigt und anschließend gewischt und abgetrocknet werden. Jetzt ließ ich sie einfach selbst liegen, und er ahnte, dass ich auch nicht damit aufhören würde. Krümel und Joghurtreste und Teeblätter, ich würde alles in der Spüle lassen, so wie sie es immer getan hatte. Er durchschaute mich, er sah, dass ich so werden wollte wie Timmy, als würde uns das jetzt noch irgendetwas helfen.

Später am Abend musste er mitansehen, wie ich angezogen im Bett lag, nur halb zugedeckt. Ich war eingeschlafen. Ich schloss die Schlafzimmertür nicht mehr, so wie sie und ich es immer getan hatten. Ich lag mitten auf dem Bett, als wäre mein Körper aus einer großen Höhe darauf hinabgefallen. Ich schlief mit eingeschaltetem Licht. Auch das missfiel ihm, und die Tür war so weit geöffnet, dass er mich sehen musste, wenn er auf dem Weg zum Bad vorbeikam. Und sehen musste, dass ich mich nicht bettfertig gemacht hatte, nicht einmal die Zähne hatte ich geputzt, er betastete meine Zahnbürste, sie war trocken. Er ging hinein und knipste die Leselampe über meinem Kopf aus, ohne dass ich wach wurde. Dann schloss er die Tür, ging in die Küche und briet sich Spiegeleier. Als er ins Bett gehen wollte, öffnete er die Tür zum Schlafzimmer wieder. Ich hatte mich umgedreht, lag auf der Seite, und mittlerweile hatte ich mich auch ausgezogen. Er sah mein Gesicht im Schein der Flurlampe, gelblich wie eine Maske, ein orientalisches Gesicht, das ewige Trauer ausdrückte. Ich schlief mit offenem Mund.

Zwei Wochen darauf hatte ich angefangen, mich körperlich zu verändern. Ich war dünner geworden, schmaler im Gesicht, meine Wangenknochen dominierten das Gesicht. Aber ich selbst schien damit zufrieden zu sein. Eines Nachmittags stach ich mit dem Küchenmesser ein neues Loch in meinen Gürtel, ich sagte, ich müsse mir neue Anziehsachen kaufen, hatte zwei Kleidergrößen abgenommen. Ich suhlte mich darin, das war leicht zu erkennen, ich tat mir selbst leid und war gleichzeitig zufrieden, und das regte ihn nur umso mehr auf. Er war meinetwegen entmutigt, weil ich nicht verstand, was mit mir geschah. Er hingegen kannte die Ursache, wir verwendeten nämlich biologischen Arborioreis von einem kleinen italienischen Produzenten, ein Spezialimport, und in der letzten Packung waren einige kleine, unpolierte Körner gewesen. Sie waren so, wie sie vom Feld kamen, hineingeraten, mit Schale. Es mussten gar nicht viele gewesen sein, vielleicht nur zwei kleine Körner. Sie lagen ganz oben am Rand der Wokpfanne und könnten wie angeschwitzte, goldene Zwiebeln ausgesehen haben, deshalb hob ich sie bei der Zubereitung auch nicht unter. Sie blieben ungar und unverzehrt liegen, erst oben auf dem Risotto, dann unter dem warmen Essen. Vielleicht hatte ich auch das Essen aufgehoben, das auf ihrem Teller übriggeblieben war, und das Salz ihrer Tränen hatte eine chemische Reaktion ausgelöst. Er las im Internet Artikel über das Leben unter dem Eis auf fremden Planeten und über neue Krankheiten, die im Darm von Menschen entstehen können, die genmanipulierte Nahrungsmittel zu sich nehmen. Die unpolierten Reiskörner könnten in der Schale mit den Resten gelandet sein, die ich mir aufgewärmt und demonstrativ hungrig in den Mund geschoben hatte, direkt aus der Bratpfanne. Ich hatte alles aufgegessen, auch die beiden einzelnen Reiskörner, die unbehandelt von den Reisfeldern in Genua kamen: eingekapseltes Leben, das nur darauf wartete, endlich sprießen zu dürfen.

Schon im Laufe der ersten Nacht, als er mich dort schlafen sah, mit gelbem Gesicht und offenem Mund, mussten sich die beiden Triebe im dünnen Gewebe der Magenwand festgesetzt haben. Dort schlugen sie Wurzeln und begannen zu wachsen, und schon wenige Tage darauf breiteten sich die zarten Reispflanzen in der feuchten, warmen Umgebung aus. Die dünnen grünen Stängel wanden sich in der Dunkelheit des Magens und saugten alle Nahrung in sich auf, die ich gebraucht hätte. Organisches Leben ernährt sich bekanntlich vor allem von anderem organischen Leben, und jetzt war mein Magen zum perfekten Nährboden für ein winziges Reisfeld geworden.

Er machte ein Foto von mir und zeigte es seiner Mutter, er war gespannt, was sie dazu sagen würde. Sie und ich begegneten uns kaum noch – jeden Montag ging der eine von uns, und am Nachmittag kam der andere. In der Woche, in der wir nicht da waren, wohnten wir bei Freunden, und er wollte, dass ich sah, wie ich inzwischen geworden war: abgemagert, aufgewühlt, reizbar und überspannt. Auf dem Bild stand ich mit dem Rücken zum Fenster, hinter mir war es dunkel, und ich blickte mit großen, ernsten Augen in die Kamera. Er hoffte, sie würde einen Schreck bekommen und die Initiative zu einem Treffen ergreifen, und das würde alles zwischen uns verändern. Doch sie warf nur einen kurzen Blick auf das Foto und kommentierte, dass ich mir einen Bart hatte wachsen lassen. Sie ahnte ja nicht, dass ich mit einem Reisfeld im Bauch umherlief.

Ich selbst wusste auch nichts davon, dass ich für fremdes Leben empfänglich geworden war. Aber er dachte, ich könnte es vielleicht ahnen, weil ich mich öfter als früher im Spiegel betrachtete. Meine Augen lagen tief in den Höhlen, die Haut ringsherum war gedunkelt wie eine alte Ledertasche, und über den Lidern hatte sich ein rotes, entzündetes Ekzem gebildet. Jetzt war ich nicht mehr nur sein Vater, ich war ein ausgemergelter, ernster Mann geworden, der seine Frau an einen anderen verloren hatte. Der Gedanke war ihm unangenehm. Oft kam ich in sein Zimmer und wollte über das Leben sprechen, über das, was ich für unser Leben hielt, das Leben unserer Familie, obwohl es doch immer nur um mich ging. Er musste sich vor mir schützen. Er entwickelte einen Humor, der mich auf Distanz halten sollte, nannte mich The Thin Man, das Skelett oder der Greis. Und trotzdem lachten wir manchmal befreiter miteinander, als wir es früher getan hatten. Auch seine Mutter nahm er deutlicher wahr, jetzt, wo er sie nicht länger als Teil des unnahbaren Paares betrachten konnte, das sie und ich gebildet hatten. Abends saß sie mit ihm zusammen, nachdem sein kleiner Bruder ins Bett gegangen war, sie sah die Filme, die er sehen wollte, das hatte sie noch nie getan. Ihm fiel auf, dass sie sich die Augen zuhielt, wenn auf dem Bildschirm jemand erschossen oder misshandelt wurde. Sie tat ihm leid, ihr Haar hatte ganz oben am Haaransatz eine andere Farbe angenommen, was ihm noch nie aufgefallen war. Er schaute ihren Nacken an und fand, dass sie ein bisschen einsam und ein bisschen komisch aussah. Sie war eine erwachsene Frau, die sich in einen anderen Mann verliebt hatte, und wegen dieser Verliebtheit hatte sie alles kaputtgemacht. Jetzt wollte sie nicht über den anderen Mann reden, über ihn, den ich Handschuh nannte. Etwas war für sie unmöglich geworden, das war leicht zu erkennen.

Er konnte einfach kein Mitleid für mich empfinden, ich hätte besser aufpassen müssen, mich nicht freiwillig demütigen lassen dürfen. Er hatte mich sagen hören, dass seine Mutter ruhig zwei Liebhaber haben könne, wenn sie wolle, und das würde er mir nie verzeihen. Er verstand, dass er jetzt auf seine Mutter aufpassen musste, ahnte aber nicht, wie. Er schlug ihr vor, zum Friseur zu gehen und ihre Haare nachfärben zu lassen. Er legte sich eine alternative Familie bei den Sims zu, wo sie und ich noch verheiratet waren, wo wir nach wie vor eine Familie bildeten. Er erschuf dieselben Räume wieder, mit ähnlichen Möbeln, und die Gewohnheiten, die wir früher gehabt hatten. Er achtete darauf, dass sie weiterhin ihren Sport machte, aber allein, und dass ich Bücher las. Er sorgte dafür, dass wir etwas aßen und aufräumten, nachts schliefen und morgens zur Arbeit gingen. Er passte auf, dass wir weiterhin Geld verdienten und es keinem an irgendetwas mangelte. Er sah, wie wir uns mal eifrig, mal klagend auf Simsisch unterhielten. Er versuchte mich zum Mitspielen zu bewegen, aber ich beschwerte mich, ich würde meine eigene Figur nicht wiedererkennen, einen Mann mit glattem, zurückgekämmtem Haar. Er versuchte, mir dünnere Haare, größere Augen, ein schmaleres Gesicht und eine längere Nase zu machen, aber ich war mit keiner der Varianten zufrieden. Als er mich eines Abends nur für ein paar Minuten mit dem Spiel alleinließ, hatte sich meine Figur selbst angezündet. Die Küche brannte lichterloh, während ich mittendrin stand und das Essen zubereitete, wir lauschten gemeinsam den wilden Schreien und dem Knistern der falschen Flammen. Außerhalb des Spiels begann ich mich jedoch stückweise erneut zu verändern. Nach ein paar Monaten war das Reisfeld in meinem Bauch verwelkt, vermutlich gingen die Sprossen aufgrund von Lichtmangel ein. Ich rasierte mich wieder täglich, und ich nahm zu. Bald würde ich wieder dem ähnlich sein, der ich gewesen war.

Und auch das missfiel ihm, dass ich wieder ich selbst wurde, als wäre nichts passiert. Er war wie gelähmt und würde auch noch viele Jahre so bleiben. Er hatte nichts, womit er sich verteidigen konnte, hatte eine behütete Kindheit gehabt und keinerlei Voraussetzungen, um das, was mit uns geschah, vorherzusehen. Er war doch derjenige, der sich verändern sollte, nicht wir.

# 12

Doch noch ist nichts von alldem passiert. Noch wohnen wir im selben Haus, Timmy und ich schlafen nachts Seite an Seite und glauben, dass wir weiter zusammenbleiben werden, auch wenn es schwierig für uns geworden ist. Es ist März, ein Donnerstagabend, Körper ziehen sich in großen oder kleinen Zimmern aus, aber für uns nimmt dieser Abend nie ein Ende, er hält noch immer an, er wird auf Repeat gespielt, als Gegenwart: Sie geht nach dem Abendessen wieder an die Arbeit, kurz vor oder kurz nachdem unser jüngerer Sohn ins Bett gegangen ist. Das ist nichts Ungewöhnliches mehr. Zwei oder dreimal in der Woche wartet sie darauf, dass es soweit ist, sie sitzt am Tisch, sie hat schon mehrmals die Mails und die neusten Nachrichten gelesen, sie klappt ihren Laptop zu, richtet sich auf und räkelt sich ganz unbekümmert, wie sie es immer getan hat, und dann sagt sie:

»Ich geh jetzt mal.«

Und ich antworte etwas, oder nichts, diesmal nicke ich nur. Ohne mich anzusehen, spürt sie, wie es mich zerreißt. Ich bin von ihr enttäuscht oder über mich selbst verzweifelt, sie weiß es nicht und will es nicht wissen, sie versucht es von sich fernzuhalten. Schon seit sie sich an den Tisch gesetzt hat, hat sie auf den Moment gewartet, wann sie gehen kann. Sie hat die Backofenuhr im Auge behalten, sie hat unserem jüngeren Sohn bei den Hausaufgaben geholfen und ihm ins Ohr geflüstert, dass er der beste Junge der Welt sei. In diesem Winter und diesem Frühling sitzt er immer vornübergebeugt, das Brustbein gegen die Tischkante gelehnt. Bei jeder Mahlzeit sitzt er ganz dicht am Tisch und verfolgt alles. Jeder Gegenstand, der auf der Platte abgestellt wird, erzeugt Schwingungen, und manchmal entstehen auch durch die Stimmen spürbare Vibrationen, und all die kleinen Erschütterungen fängt er mit seinem eigenen Skelett auf. Er ist ernst und konzentriert, mit seinem kurzen, glatten Haar und seinen sanften Händen. Sie streicht unserem älteren Sohn über den Nacken, im Vorbeigehen, neuerdings entzieht er sich allen Liebkosungen, aber sie muss ihn berühren, auch wenn er sie abschüttelt.

Zu diesem Zeitpunkt ist sie die einzige, die redet. Ihre Stimme klingt nicht so intim, wie sie es gehofft hatte, als sie sich mir zuwendet. Ich stehe an der Arbeitsfläche, habe mich mit hochgezogenen Brauen zu ihr umgewandt, sie kann die tiefen Falten auf meiner Stirn sehen, die unsere Kinder so gern gezählt haben, als sie noch klein waren, barfuß hatten sie auf meinen Schultern gestanden, sich über meinen Kopf gebeugt und die Linien auf meiner Stirn berührt. Sie erinnert sich an ihre hellen, nackten Kleinkinderkörper, ihre Windelhintern und die weißen Bäuche, erst der eine, und ein paar Jahre später der andere, ihr Haar lockte sich so sanft, nachdem sie gebadet worden waren, im einen Augenblick kletterten sie in unser Bett, im nächsten hatten sie in der Schule angefangen, und kurz danach war ihre halbe Kindheit vorbei. Sie ist gerührt vom Gedanken, warm und glücklich, und dann verliert sie die Fassung und will nur noch weinen.

Es fühlt sich an wie ein Fieber, ist sie wahnsinnig geworden, was macht sie da eigentlich gerade? Aber sie *muss* gehen und ihn treffen, sie kann nicht anders. Sie leben in zwei Welten. Nur ein paar Kilometer von diesem Raum entfernt geht er umher, sein goldfarbener, haarloser Körper ist glatt und geschmeidig unter dem Hemd, unter seiner Bügelfaltenhose. Sie sieht ihn vor sich, wie er sich zu ihr umdreht, er lächelt und legt den Kopf schief, aus Schüchternheit oder wegen all dem, was sich zwischen ihnen aufgebaut hat, die Anziehung, die Bestätigung, der Überschwang. Es ist nicht wahr, dass die Verliebtheit aus dem Nichts entstanden ist, geradezu zufällig, sie haben zugelassen, dass sie entstanden ist, sie und er, sie haben sie gegenseitig zielstrebig vorangetrieben, mit Blicken und Berührungen und allem, was sie gesagt haben. Und jetzt gibt es kein Zurück mehr, an irgendeinem Punkt fand eine irreversible Wende statt: Sie empfinden eine größere

Loyalität zueinander als zu irgendeinem anderen Menschen. Jedenfalls ist es bei ihr so. Er sagt, sein Puls gehe jedes Mal schneller, wenn er ihren Namen auf dem Handydisplay aufleuchten sehe. Er sagt, sie sei die Antwort auf alles in seinem Leben, was er vermisst habe, ohne es je zu wissen. Vielleicht sagt er auch etwas anderes, aber alles, was er sagt, trägt dazu bei, die Gefühle zu verstärken und die Erwartung zu erhöhen. Sie lässt sich davon antreiben, erfolgreich zu sein, bis zum Ende zu gehen, unabhängig von den Konsequenzen. Könnte es so gewesen sein, ja, so muss es gewesen sein. Wenn sie später von all dem erzählt, klingt es fremd, wie eine Geschichte, die sie erfunden hat. Aber jetzt ist sie mittendrin, sie will nur das, nichts anderes, das sagt sie sich selbst, und ihm, sie lässt alles los, lässt sich in die warme Dunkelheit fallen.

Und ich scheine ihr dabei im Weg zu stehen. Ganz konkret stehe ich jetzt gerade vor ihr in der Küche, ich warte darauf, dass sie erklärt oder verteidigt, warum sie ihn plötzlich auch an diesem Abend sehen muss. Es ist der vierte Abend in dieser Woche. Doch es gibt nichts mehr zu sagen, denkt sie, sie will nicht festgehalten werden. Ich wende mich von ihr ab und räume weiter auf, ich gehe mit übertrieben ruhigen Bewegungen im Zimmer umher. Kein Teller soll zu laut klirren, damit sie nicht glaubt, ich sei gereizt. Schließlich habe ich sie ja selbst zu all dem aufgefordert. Vielleicht strenge ich mich sogar weiterhin an, um es ihr leichter zu machen, aber wenn, dann gelingt es mir eher schlecht als recht. Eine emotionale Belastung wird schneller transportiert als ein Geräusch zwischen lebendigen Körpern, und sie muss mir nicht einmal ins Gesicht sehen, um zu spüren, dass es nicht in Ordnung ist, dass es nicht gut geht.

All die Gefühle, die sie bei mir zu registrieren glaubt, werden auch in ihr wieder wach, noch ehe sie weiß, dass sie sie von mir übernommen hat. Sie wird ungeduldig und steht zu schnell auf, ihre Stimme klingt mürrisch, als sie sagt *na, dann bis später.* Sie bereut es, aber sie ist schon in Eile. Sie zieht die Tür etwas fester hinter sich zu als sonst. Sie setzt sich auf die Bank im Flur und zieht ihre Stiefel an, die ihr fast bis zu den Knien reichen, aus gegerbtem Leder, sie steht auf und zieht ihren Mantel an, zupft den Kragen zurecht und schließt die Knöpfe. Drei große, weiße, milchige Knöpfe, ihre Finger schieben sie so leicht durch die sorgfältig umkettelten Knopflöcher. Sie verfolgt ihre eigenen Handlungen, stellt sich seinen Blick vor, wie er sie jetzt ansehen würde. Ihr Mantel ist hellblau, schmal geschnitten, mit einem dünnen Gürtel um die Taille. Nicht zu schmal, er spannt nicht, das würde sie nicht ertragen, dann wäre sie sofort eingeengt, aber schmal genug, dass sie sich hübsch fühlt. An manchen Tagen kommt es ihr immer noch so vor, als würde der Mantel sie umarmen, wenn sie ihn zuknöpft. Sie hat ihn von mir zu Weihnachten bekommen, und sie wird ihn noch lange tragen, nachdem ich ihr Ex-Mann geworden bin, von dem sie keine Geschenke mehr bekommt, nicht einmal zum Geburtstag. Doch nichts an diesem Mantel erinnert sie an mich oder daran, was wir einmal unsere Liebe nannten. Sie hat viele andere Sachen, die sie nicht mehr benutzen kann, weil ich sie ihr geschenkt habe: das kurze blaue Jeanskleid und eine lange graue Strickjacke, ein paar weiße Jeans und im Grunde auch allen Schmuck, den sie besitzt. Sie hört auf, Schmuck zu tragen. Den Mantel aber jedenfalls nicht, er hat nichts mit mir zu tun, obwohl ich ihn ihr geschenkt habe. Letztes Jahr an Weihnachten machten wir uns teure Geschenke, sie riss das Papier auf, öffnete den Karton und fand einen hellblauen Mantel aus einem kleinen Designerladen. Einige Tage vor Weihnachten hatte sie sich den Mantel selbst angesehen, es war einer der Läden, in den ich oft ging, wenn ich nach einem Geschenk für sie suchte, und für einen kurzen Moment hatte sie gehofft, sie würde ihn vielleicht bekommen. Und dann bekam sie ihn, sie hielt ihn vor sich und sagte *unglaublich, wie schön,* und es klang wie etwas, das sie möglicherweise schon einmal gesagt hatte, und das war nicht so gut, sie bemerkte es selbst. Der Fehler bestand darin, dass sie etwas sagte, was sie vor genau einem Jahr auch schon gesagt haben könnte. Ich suchte gerade die Päckchen für die Kinder unter dem Weihnachtsbaum hervor, ich richtete mich auf, und sie konnte sehen, dass ich unangenehm berührt und verletzt war. Mein Gesicht verschloss sich, alles Lebendige an mir verschwand, zog sich langsam tief in den Körper zurück und wurde für alle unsichtbar.

Vermutlich werde ich sie für immer vermissen, denkt

sie. Meine bevorstehende Einsamkeit entwickelt sich proportional zu ihrem eigenen, gewaltigen Glück. Und sie wird von Zärtlichkeit und Schadenfreude erfüllt, in einem ständig wechselnden Mischverhältnis, oft verschwimmt beides zu einem einzigen Gefühl: die bittere Nachbearbeitung der Liebe, eine grimmige Zuneigung, die nicht ausschließlich gut gemeint ist, ein zerrissenes Mitgefühl, bei dem sich all die kleinen Irritationsmomente damit verbinden, dass sie mich bemitleidet und von mir wegkommen will, ohne es wie einen Verrat aussehen zu lassen.

Wir waren zusammen erwachsen geworden, und wir hatten Kinder bekommen, eine fleischgewordene Bestätigung unserer Liebe. Denn ein Kind ist die endgültige Bestätigung der Liebe, selbst wenn sich die Liebe nur als kurzlebig erweist, selbst wenn sich die Liebe nur als eine vorübergehende, körperliche Anziehung erweist, selbst wenn sich die Liebe als dauerhaft, aber ohne tieferen Grund erweist. Viele leben ohne tieferen Grund zusammen, vielleicht war es auch bei uns beiden so gewesen, trotz allem? Sie hatte geglaubt, wir wären so tief und eng miteinander verbunden, mehr als andere, die wir kannten. Wenn die Liebe ein Ende nahm, hatte sie eine rückwirkende Kraft, das ahnten wir noch nicht, aber so war es nun einmal: Wenn die Liebe eines Tages nicht mehr da ist, war sie auch vorher nie da gewesen.

Die Kinder existierten natürlich noch immer, aber sie waren nicht länger der Beweis unserer Liebe, von dieser

Aufgabe hatten wir sie entbunden. Sie würden so werden wie andere Scheidungskinder, sich selbst und unserem geteilten Sorgerecht überlassen. Aber das wussten sie selbst nicht, noch nicht, und wir wussten es auch nicht.

Noch steht sie auf der Treppe vor unserem Haus, sie schlingt sich einen dunkelblauen Schal um den Hals, zieht ihn bis über den Mund und spürt die Wärme ihres eigenen Atems. Sie schließt die Tür hinter sich und eilt über den Bürgersteig. Der Schnee, die Straßenlaternen, die erleuchteten Fenster der Häuser. Das Herz hämmert hinter ihren Rippen. Die Finger krümmen sich in den Fäustlingen zusammen. Es dämmert, aber in der Dunkelheit ruht ein metallisches, unverwüstliches Licht. Das Licht ruht, und bald wird es aufsteigen, das spürt sie bis in die Fingerspitzen. Bald wird der Schnee vergehen, bald werden die Abende länger werden, bald wir das Gras in den Gärten auftauen, genauso grün wie vor dem Schnee. Als sie vor etwas über vierzig Jahren ein Kind gewesen war, wurde das Gras im Herbst gelb, aber jetzt bleibt es grün, bis es vom Schnee bedeckt wird, und ist noch genauso grün, wenn es im April wieder zum Vorschein kommt. An solche Dinge denkt sie jetzt, um ihre Freude und Erwartung von sich fernzuhalten, bis sie weit genug weg von zu Hause ist. Bald werden die Trümmer des Winters auf dem Asphalt hervorschmelzen, bald wird alles, was jemand aus Versehen oder Wut in den Schnee geworfen hat, vor allen Augen bloßgelegt sein, ein blasser, ärmlicher und aufwühlender Anblick. Bald wird frühmorgens das Zwitschern von Kohlmeise, Spatz und Drossel zu hören sein, und so weiter. Bald ist Frühling, bald wird es Sommer, und was wird dann aus uns beiden werden? Daran wagt sie nicht zu denken, denkt sie, obwohl sie die ganze Zeit daran denkt.

An zwei oder drei Nachmittagen unter der Woche und jeden Sonntag fährt sie zurück an die Arbeit, um ihn zu treffen. Das Büro zählt zu den wenigen Orten, wo sie sich sehen können, wenn sie keine Tour zusammen machen. Sie haben angefangen, ein neues Projekt miteinander zu planen, von dem sie glauben, die Leitung könnte es genehmigen: Es geht darum, die Perspektive auf die Öffentliche Gesundheit im Amt und seinen Abteilungen einer kritischen Prüfung zu unterziehen. Das gibt ihnen immerhin eine Möglichkeit der Zusammenarbeit. In ihrem Bereich macht sonst kaum jemand Überstunden, und außerdem kann sie die Bürotür abschließen, sodass sie von niemandem gestört werden. Meistens geht sie von zu Hause weg, wenn unser jüngerer Sohn im Bett ist, an manchen Tagen aber auch früher. Das hängt davon ab, wann es Harald zeitlich am besten passt, er hat ja auch Familie. Er hat Kinder, die hierhin und dorthin gefahren werden müssen, und eine Ehe, die auch weiterhin eine Ehe bleiben soll, zumindest oberflächlich betrachtet. Sie weiß nicht, was er zu Hause erzählt hat, möglicherweise gar nichts. Sie weiß nicht, was er denkt, wenn er allein ist. Sie weiß nicht, ob er dasselbe empfindet. Mitunter wird ihr ganz schwindelig, und sie denkt *Bin ich die einzige, die das erlebt? Bin ich in all dem allein?* Doch jeden Abend, wenn er endlich durch den Eingang ihres Bürogebäudes geht, sieht sie die Wirkung ihrer eigenen Gegenwart in seinem Gesicht. Er tritt einen einzigen Schritt aus dem Schatten, ins Licht, und es ist ihr eigenes Licht, das sie in ihm sieht. Sie hat die Tür geöffnet, um ihn hereinzulassen, sie gehen hintereinander die Treppe hinauf, sie voran, und erst, als sie in dem nur spärlich erleuchteten Gang sind, bleibt sie stehen und dreht sich zu ihm um und lässt sich umarmen. Ihre Gesichter werden voneinander angezogen. Die Gesichter von Menschen sind so abstoßend nackt, so leicht zu deuten und ausdrucksvoll, und ihre Körper suchen immer nach anderen Körpern. Und jetzt haben sie und er einander gefunden, alles andere um sie herum verschwindet. Er umarmt sie, sie umarmt ihn. Sie lassen sich wieder los, um dem Blick des anderen zu begegnen. Prickelndes Glück, gegenseitige Anziehung. Wer kann dem schon widerstehen? Fast niemand, sie jedenfalls nicht, nicht jetzt. Sie geht vor ihm ins Büro. Es ist kein Geheimnis, dass sie sich treffen, sie müssen ja arbeiten, das haben sie zu Hause erzählt und bei den Kollegen. An diesem Abend sitzen sie nebeneinander vor dem Bildschirm, sie wechseln sich an der Tastatur ab. Er bewegt sein Bein zu ihrem, sie schiebt ihr eigenes Bein gegen das seine. Das ist schon an vielen Abenden zuvor passiert, sie sitzen eng beieinander, und sie weiß, dass ich mir das denken kann, sie reden leise miteinander, sie lachen, sie sehen sich an. Es ist schon längst zur Normalität zwischen ihnen geworden, sich zu berühren und eng beieinander zu sitzen, sie können jetzt nicht mehr damit aufhören. Sie haben schon lange angefangen, kleine und große Erlebnisse miteinander zu teilen, über die Kinder, darüber, was sie machen, wenn sie einander nicht treffen. Sie erinnern sich daran, was der andere erzählt hat, denken daran, nachzufragen, wie es dem Kind geht, das die Treppe heruntergefallen ist, ob der Wasserhahn in der Küche inzwischen nicht mehr tropft, nachdem der Klempner beim letzten Mal versehentlich den Hahn im Bad repariert hat. Und so, aus der Distanz und doch vertraut und vertraulich, nehmen sie am Leben des anderen teil. Ihre Stimmen in dem kleinen Büro sind gedämpft und intim, passen sich in Tonhöhe und Intensität an, sie haben angefangen, einander zu ähneln. Wie ein Ehepaar, denkt sie, als würden sie schon zusammenleben. Vielleicht waren sie sich schon immer ähnlich gewesen, es ist ein unerklärlicher Glücksfall, dass ausgerechnet sie beide einander jetzt endlich kennengelernt haben. Vielleicht wäre gar nichts passiert, hätten sie sich nicht dieses kleine bisschen zu lange angesehen, denkt sie später. Der eine Blick wollte dem anderen nicht weichen, sie stachelten sich an, die Augen wollten nie wieder weichen, als sie erst einmal damit angefangen hatten. Bei beiden: ein beschleunigter Anstieg der Blutzufuhr bis in die kleinsten Adern.

An diesem Abend legt er plötzlich die rechte Hand auf ihre linke, auf die Tastatur, und lässt sie dort liegen. Da hört sie auf zu sprechen. Sie spürt seine Hand auf der ihren. Sie kann den Puls in seinem Handgelenk spüren, er tickt wie eine winzige, organische Uhr gegen ihre Haut. Es ist bewegend, fast nicht zu glauben, dass sie seinen Puls spürt. Er sagt etwas, sie weiß nicht mehr was, und sie beugt sich im selben Moment zu ihm vor wie er zu ihr. Es ist seltsam, dass es noch nicht vorher passiert ist, aber sie haben sich fast ein Jahr lang zurückgehalten, haben den Augenblick hinausgezögert, und jetzt kommt er: Sie öffnet den Mund und trifft seinen Mund, ihre Lippen sind trocken und warm, aber seine Zungenspitze ist kalt, und sie denkt, er muss mit offenem Mund dagesessen haben, gespannt gewesen sein, er muss gespürt haben, dass der Moment näher rückt, und jetzt schließt er endlich seinen Mund um den ihren.

Timmy und Harald küssen sich. Ihre Münder saugen sich aneinander fest. Er schlingt seine Arme um sie, zieht sie an sich, seine Hände bewegen sich über ihren Rücken, hinab zu den Hüften, der Taille, wieder hinauf zu der einen Schulter, wo ihr Pullover so weit herabgeglitten ist, dass er ihre nackte Haut berühren kann. Mit der anderen Hand greift er um ihre Hüfte, zieht sie näher heran, ihre Bürostühle stoßen ein wenig störend gegeneinander, er will sie dazu bringen, auf ihm zu sitzen, auf seinem Schoß, aber sie will es nicht. Noch nicht. Er trägt heute andere Sachen als sonst, ein kariertes Hemd mit einem Unterhemd darunter. Sie hat die Hände auf seinen Rücken gelegt, die eine weit oben, direkt unter der

Schulter, die andere weit unten, auf dem Kreuz. Sie berührt seine Haut unter dem Hemd, lässt die Fingerspitzen am Rückgrat hinaufgleiten, ein so unwirklicher Moment, das allererste Mal, dass sie seine nackte Haut unter seiner eigenen nackten Hand spürt. Daran denkt sie erst danach. Ein Kuss, der eine Stunde dauert, einen Monat, er hätte ein ganzes Leben dauern können. Sie atmet durch die Nase und antwortet ihm mit ihrer eigenen Zunge, sie kann ein Stöhnen und Jammern nicht unterdrücken – einen Laut, wie ihn der Körper erzeugt, um dem anderen entgegenzukommen. Dadurch wird er sicherer, oder eifriger, er steckt die Hand von hinten unter ihren Hosenbund, schiebt sie ein Stückchen weiter hinab und zieht ihren Körper heran, ja, aber an dieser Stelle ist es genug, es lässt sich nicht wieder heraufbeschwören, nicht von ihr, und damit ist es auch für mich unzugänglich.

Sie zieht ein schwarzes Tuch über das, was an diesem Abend in ihrem Büro passiert. Sie lässt es geschehen, ohne sich selbst von außen zu betrachten, sie zwingt sich, anschließend nicht mehr daran zu denken. Natürlich denkt sie trotzdem daran, sie leuchtet, von innen heraus, durch die Haut, wie ein Licht in einem Zelt weit draußen auf einer Ebene. Ja, jetzt ist sie wirklich verloren, aus ihrem alten Leben verschwunden, sie hat es hinter sich gelassen, und das, was mit ihr geschieht, sickert durch alles hindurch, was sie in den darauffolgenden Tagen tut und sagt. Doch sie zwingt sich dazu, es nicht zu formulieren, nicht in Worten oder Sätzen daran zu denken. Sie ist überspannt, gestresst und rot im Gesicht. Sie verliert Sachen, vergisst, was sie sagen wollte. Sie bleibt für sich, wann immer es geht, sitzt lange da, starrt in die Luft und lächelt vor sich hin.

Sie kommt spät nach Hause, noch später als sonst. Leise schließt sie die Tür, zieht die Stiefel aus und hängt den Mantel auf. Die Zimmer sind halbdunkel und aufgeräumt, die Küche wartet mit ihren glänzenden Flächen: Ein einsamer Toaster, das grüne treue Auge der Kaffeemaschine blinkt, die schlanken Flaschen mit dem Olivenöl und Balsamico sehen würdevoll aus, das sanfte Licht über dem blankgeputzten Herd leuchtet vertraut und harmonisch, einzig eine halbierte Mango liegt mit der schwarzgesprenkelten, dunkelgrünen Seite nach oben auf einem Teller. Vorsichtig öffnet sie die Türen zu den Zimmern der Kinder, um sie anzusehen. Erst den Jüngeren, dann den Älteren. Beide schlafen, und ihr Atem ist voller Süße. Sie sind Kinder, selbst er, der es nicht mehr zu sein glaubt. Er weiß nichts darüber, was sie jetzt weiß. Er schläft mit halbgeöffnetem Mund auf dem Rücken, wie das Kind, das er vor nicht allzu langer Zeit noch war.

Sie geht ins Bad, sie weicht ihrem eigenen Blick im Spiegel aus und muss doch hinsehen. Schnell, nur ein suchender, gehetzter Blick in ihre Augen: *Was habe ich getan, ich kann es nicht bereuen, ein solcher Rausch der Gefühle, kann nicht widerstehen, wie soll das nur gehen, was denn, alles, wer weiß, ich werde ihn morgen sehen.*

Sie duscht, ein wenig widerwillig, sie will ihn nicht von sich abwaschen, aber es erscheint ihr doch falsch, sich neben mich zu legen, ohne erst geduscht zu haben. Sie tut es, um ihn für sich zu haben, denkt sie, damit ich nicht mit dem in Berührung komme, was sie von ihm hat. Sie putzt sich die Zähne und cremt sich mit Feuchtigkeitscreme ein, liebkost sich selbst mit der Creme, denkt an seine Hände, wie er damit ... Denkt an ihre eigenen Hände, wie sie damit ... Nein, sie macht sich schnell bettfertig. Sie will einfach nur schlafen und sich ausruhen. Und dann tritt sie in die Dunkelheit unseres Schlafzimmers, wo ich auf der einen Betthälfte liege und schlafe. Es ist einfacher, als man denkt, durch die Löcher im Dasein zu schlüpfen, von der einen Lebensform zur anderen überzugehen. Jetzt ist sie für einen kurzen Moment wieder zurück in dem, was früher ihr ganzes Dasein war.

Vorsichtig legt sie sich auf ihre eigene Betthälfte. Ich schlafe mit T-Shirt und Shorts, das sieht sie, als sie unter unsere Doppelbettdecke schlüpft. Sie ist froh, das zu sehen, es ist nur ein weiteres Zeichen dafür, dass unsere Beziehung in eine Schlussphase gekommen ist, auch für mich. Jetzt müssen wir nicht mehr nackt im Bett liegen. Sie kann meinen Atem kaum wahrnehmen. Was, wenn ich gestorben bin, ganz von allein? Ich hätte ja einen Schlaganfall oder einen Herzinfarkt haben können, etwas Akutes. Erwachsene Männer sterben oft plötzlich, und wäre ich tot, fiele es ihr leichter, mich zu betrauern. Sie könnte mit einer stillen, abgeklärten Trauer umhergehen und gleichzeitig glücklich, verliebt und lebendig sein. Der Gedanke kommt überraschend für sie, sie glaubt, dass sie jetzt verstehen kann, warum manche Menschen den Wunsch haben, ihren Partner umzubringen, wie man plötzlich keinen anderen Ausweg mehr sieht, als den Menschen, mit dem man nur wenige Tage zuvor noch nackt und verhältnismäßig glücklich in einem Bett lag, zu vergiften oder zu erschießen oder mit bloßen Händen zu erwürgen. Weil es keinen anderen Weg gibt, um sich zu befreien vermutlich. Der andere muss in dir sterben, muss in dir verlorengehen und verschwinden. Sie muss sich von mir befreien, sie hat es längst getan. In ihrem Innenleben, das zum einzig wahren Leben geworden ist, bin ich schon umgekommen, untergegangen, verschollen. Ich bin ganz friedlich umgefallen, plötzlich unwichtig geworden, an den Rand ihres Lebens abgetrieben, ohne es selbst zu wissen.

Aber nein, das Schwierige ist ja, dass ich es schon weiß, dass ich mehr als nur ahne, wie es inzwischen für sie ist. Ich folge ihr mit dem Blick und registriere nach und nach die inneren Veränderungen, die in ihr stattfinden, unabhängig davon, was sie mir erzählt. Ich bin zum Hellseher geworden, entdecke überall Zeichen und erkenne, was mit ihr passiert. So wirkt die Eifersucht, sie befähigt mich, alles zu sehen, was geschieht, lange bevor es geschieht. Und dies habe ich so lange vorhergesehen, dass es schließlich eingetreten ist. So fühlt es sich an. Und hätte ich nicht schon geglaubt, ich wüsste alles über sie und ihn, hätte sie die Tage einfach verstreichen lassen können, und hoffen, das Ganze würde sich irgendwie lösen, wie von selbst.

Sie schläft allein, auf dem Rücken, mit der einen Hand über der anderen, als wäre sie krank. Sie ist aber nicht krank, sie ist gesünder als vorher, sie fühlt sich durch das beschützt, was passiert ist, und durch das, was kommen wird. Alles, was ihr jetzt widerfährt, ist gut, alles verändert sich zum Guten.

Am nächsten Morgen ist sie freundlich und ein bisschen abwesend und schafft es, mich auf Distanz zu halten. Es ist ein Samstag, sie erzählt mir, sie müsste auch heute wieder arbeiten, sie hätten eine Frist einzuhalten, dringend etwas zu Ende zu bringen. Sie sagt es leichtfertig und geradeheraus, widersteht in gewisser Weise ihrem Wunsch danach, mir gegenüber anzudeuten, wovon sie eigentlich redet. Sie sagt, sie hoffe, das sei in Ordnung für mich. Sie bewegt sich durchs Zimmer, während sie spricht, sie kann meinem Blick ausweichen, sie sagt alles, was sie sagen muss, ohne dass ich zu ihr durchdringen kann. Sie registriert meinen Widerstand, meinen Widerwillen, meine Enttäuschung, was auch immer es ist, lässt es jedoch nicht an sich heran, es ist ohnehin nicht mehr von Belang, jetzt, wo sie in einer anderen Welt lebt, mit einem anderen.

Sie geht und bleibt den ganzen Tag weg, unsere Vereinbarung, dass sie um drei Uhr wieder zu Hause ist, wird auf fünf verschoben, und dann auf sieben, *es dauert alles,* und dann auf neun, *es tut mir leid, wir sind bald fertig!* Um halb zehn ist sie wieder zu Hause. Sie verbringt Zeit mit den Kindern, bis diese ins Bett müssen, und dann will sie auch schlafen. Sie braucht ihren Frieden, muss die Augen schließen, wieder zu dem zurückkehren, was besonders wirklich ist, Kraft schöpfen aus dem, was neu und lebenswichtig ist. Doch sie entkommt mir nicht, ich habe mich ins Bett gelegt, auf die Seite, vollständig angezogen. Für einen Augenblick hofft sie, ich wäre eingeschlafen. Aber dann sieht sie, dass ich weine, oder gerade geweint habe, und legt sich neben mich. Sie redet leise auf mich ein, sagt meinen Namen, versucht mich zu trösten, und es gelingt ihr, ich höre auf zu schluchzen. So liegen wir lange da, nebeneinander. Sie schläft ein bisschen, wacht wieder auf und spürt, dass ich unruhig werde, wenn sie zu lange still daliegt, und fährt fort, mich zu streicheln. Es fühlt sich geborgen an, schön, nah, das findet sie selbst auch. Sie ist erleichtert darüber, dass sie doch nichts zu sagen braucht. Irgendeinen Vorteil muss es ja haben, dass ich mir alles schon gedacht habe, lange bevor es tatsächlich passierte. Damit können wir unsere Beziehung ruhig und liebevoll beenden und einander helfen, halbwegs würdevoll aus ihr herauszukommen.

Doch dann drehe ich mich zu ihr um. Ich war doch nicht eingeschlafen. Ich nehme ihre Hand, streiche ihr über den

Handrücken, über die Finger. Früher, vor langer Zeit einmal, habe ich oft nacheinander ihre Finger mit Daumen und Zeigefinger umfasst, und bin daran entlanggefahren, an jedem einzelnen, vom Ansatz bis zur Fingerkuppe, als würde ich ein Kleidungsstück ausziehen, als würde ich ihre Hand entkleiden, Finger für Finger. Und jetzt tue ich es wieder. Ich beginne bei ihrem Daumen, dann kommt der Zeigefinger, und so arbeite ich mich bis zum kleinen Finger vor, erst an der einen Hand, dann an der anderen. Früher gefiel ihr das, früher bat sie mich darum, es zu tun, jetzt wartet sie nur, dass es vorbei ist.

Ich sage ihr, dass sie schöne Hände hat, dass ich sie gern ansehe, dass ich gern daran denke, was sie damit machen kann. Sie sieht vor ihrem inneren Auge, was sie damit gemacht hat, und wartet darauf, dass ich es ausspreche, dass sie verstanden hat, was passiert ist. Aber ich sage:

»Was deine Hände alles mit mir gemacht haben. Eines Tages wirst du dasselbe vielleicht mit einem anderen Mann machen. Das würde ich gern sehen.«

Sie sieht zu, wie ich mich auf den Rücken lege, wie ich meine Shorts herunterziehe, ich will, dass sie mich berührt, oder will mich selbst anfassen, während sie mir dabei zusieht. Sie schiebt sich ein wenig von mir weg. Sie denkt, dass wir in diesen Dingen miteinander abgeschlossen haben, sie hätte gedacht, ich wüsste von allem, was heute und gestern passiert ist, sie war sich sicher gewesen, dass ich es ihr angemerkt hätte. Das einzige, was wir beide jetzt noch zusammen machen sollten, ist, einen Weg zu finden, uns zu trennen, ruhig und zivilisiert und mit einer Art zärtlichen Freundschaft. Anschließend würden wir wie Bruder und Schwester sein.

Aber jetzt wiege ich mich wieder in Sicherheit, weil sie neben mir liegt, oder weil sie neben mir gelegen und mein Gesicht gestreichelt hat. Oder vielleicht auch, weil ich mir nicht vorstellen kann, dass wirklich passieren konnte, was passiert ist, und sie nicht mehr meine Liebste ist – sie ist nicht das Liebste, was ich habe, sie kann es nicht sein, weil ich es für sie nicht bin.

Erst ein paar Tage zuvor hatte ich gesagt: Würden wir beide das nicht durchstehen? Müsste ich nicht aushalten können, dass sie sich in einen anderen verliebt hatte? Wer, wenn nicht ich, sollte das aushalten? Wer, wenn nicht sie, sollte sich Hals über Kopf in eine außereheliche Affäre stürzen dürfen? Würde unsere Liebe das denn nicht überstehen? Hatten wir nicht immer miteinander über alle gesprochen, die wir nett oder anziehend oder attraktiv fanden? All das, was ich gesagt hatte, sie erinnert sich an meine Stimme, zusammen mit dem Atem, stoßweise und intim und liebevoll schlugen ihr meine Worte ins Gesicht. Wir standen da und umarmten uns, ehe sie von zu Hause aufbrach, wir küssten einander zwischen allem, was ich sagte, und am Ende fragte sie mich, ob ich ihr gefiele. Sie hatte Make-up aufgelegt, ich versuchte sie damit aufzuziehen, dass sie es für ihn getan hatte. Anschließend drehte sie sich an unserem Gartentor um und winkte mir zu. Unsere Ehe glich keiner anderen, die sie kannte, hatte sie in dem Moment gedacht, aber jetzt versteht sie nicht mehr, was sie damit meinte.

Sie setzt sich auf, sie möchte das Zimmer verlassen, das Haus, sie weiß nicht, was sie mir sagen soll. Gerade hat sie noch gedacht, am liebsten würde sie mit mir teilen, was ihr widerfahren ist – eine so unbändige Freude, Bewegungen, die sie erschaudern lassen. Sie war nie in jemand anders verliebt, seit sie sich in mich verliebt hat, vor fast zwanzig Jahren. In Wirklichkeit war sie noch nie so verliebt, das denkt sie mit einer Eindringlichkeit, die an rasende Wut erinnert. Das will sie mir sagen, dass sie noch nie etwas erlebt hat, was daran erinnert, auch mit mir nicht. Ausgerechnet sie, die nie gedacht hätte, dass sie sich je in jemanden verlieben würde! Vielleicht hatte sie aber auch darauf gewartet, vielleicht hatte sie sich insgeheim darauf vorbereitet? Im Nachhinein ist es unmöglich, etwas anderes zu glauben. Ein anderes Leben hat sich eröffnet. Sie will es mit mir teilen, weil ich ihr engster Vertrauter bin. Eigentlich sollte das möglich sein, hatte sie gedacht, dass sie und ich ruhig darüber sprachen, und ich ihre große Freude vielleicht sogar teilen könnte. Mich für sie mitfreuen, es mit ihr teilen, sozusagen aus respektvoller Distanz.

Doch ich habe ja nichts von dem verstanden, was mit

ihr passiert ist, trotz allem, was ich gesagt habe, und allem, was ich mir in meiner Phantasie ausgemalt habe. Ich glaubte, ich könnte in sie hineinsehen, und sie glaubte es selbst beinahe auch. Doch jetzt, wo sie nach Hause kommt und eine andere geworden ist, oder endlich sie selbst geworden ist, bin ich trotzdem nicht im Stande, es zu sehen. Ihre Wangen sind wund von den Bartstoppeln eines anderen Mannes, aber ich kann es nicht sehen. Ihre Hände haben alles getan, was ich mir nur vorstellen konnte, überall auf seinem Körper, aber ich bin nicht im Stande, es zu riechen oder zu spüren. Sie denkt, sie müsste es erzählen, sie kann es nicht länger für sich behalten. Und dann hört sie es mich wieder sagen:

»Ich möchte, dass du es mit ihm tust. Ich weiß, dass es passiert, irgendwann. Und ich will, dass du anschließend nach Hause kommst und mir davon erzählst.«

Das sage ich, noch einmal, und sie findet es unwirklich, und unheimlich. Sie hatte nicht gedacht, dass es passieren könnte, dass sie mich reden hören und mich nackt sehen würde und es als unheimlich empfinden würde. Ich habe die Decke beiseitegeschlagen, damit sie mich ansieht. Sie soll sagen, was sie gern mit ihm machen würde. Und sie kann mir nicht davon erzählen, was passiert ist, nicht jetzt, nicht während ich hier liege und denke, alles, was ihr etwas bedeutet, hätte immer noch mit mir zu tun, würde mir gehören, und meinem Leben. Sie kann mir nicht von ihm erzählen, nicht davon, was sie zusammen getan haben. Und sie wird mir nie wieder etwas über das Allerintimste erzählen, das wird ihr mit einem Mal klar, von nun an wird es nur noch ihr eigen sein, sie muss es behüten, es kann nie mein werden.

Aber ich liege neben ihr, habe meinen Unterleib entblößt, ich drehe mich auf die Seite und berühre mich selbst. Sie sieht, dass ich meinen Penis umfasse wie irgendein beliebiger Mann, der sein Geschlechtsorgan in der Hand hält. Sie sieht mich an, sie kann nicht wegsehen. Ich bitte sie, mir von ihm zu erzählen, davon, was sie gern mit ihm machen würde. Und sie kann es nicht. Sie bringt kein Wort hervor, sie liegt neben mir im Bett und hört, dass ich selbst zu reden anfange. Es wird eine Art Geschichte, eine Phantasie, die jenen gleicht, die ich schon früher gesponnen habe, wie er zu uns nach Hause kommt, plötzlich steht er da, um sie zu besuchen. Und sie hört mich erzählen, wie sie ihn mit ins Schlafzimmer nimmt und wie ich vor der Tür stehenbleibe und ihren Geräuschen lausche, den Lauten, die sie macht, während sie zusammen mit einem anderen nackt ist. Ich bin vor allem von den Details eingenommen, dass ich höre, wie die Tür abgeschlossen wird, dass ich sie schreien höre, als sie unter ihm liegt. Und dass sie miteinander flüstern, anschließend, und ich ihre Wörter nicht auseinanderhalten kann, dass ich nur die Zärtlichkeit in ihren Stimmen höre.

All das hat sie schon viele Male gehört. Und jetzt hört sie es mich noch einmal sagen, und sie sieht zu, wie ich mich selbst befriedige, während ich davon rede, wie ich mich selbst überflüssig machen muss, ich muss mir selbst entkommen, will nur noch sehen und hören, was sie mit anderen macht, mich selbst soll es nicht mehr geben. Ich halte meinen Penis, sie denkt, dass sie ihn jetzt zum letzten Mal sieht, er wird weiß und rot und weiß und rot, ich bewege die Vorhaut vor und zurück, erst ganz sanft, und dann schneller, rhythmisch und wie isoliert von allen anderen Bewegungen auf der Welt. Bald bin ich nur noch ein Mann, den sie gekannt hat, einer, mit dem sie vertraut und intim zusammengelebt hat, in einem früheren Leben. Sie betrachtet meine Hand, die sich bewegt, schnell, schnell, auf und ab, auf diese Weise, die an nichts anderes erinnert. Oder doch, sie erinnert an einen Körper, der sich kratzt. An einen Hund, der sich hinter dem Ohr kratzt, während sein Schwanz hart und rhythmisch auf den Boden schlägt. Und so ist es wohl auch, denkt sie. Ich kratze mich, es geht schnell vorüber, ich versuche, einen fürchterlichen Juckreiz zu lindern, versuche nur, mir das Leben ein bisschen leichter zu machen.

Mit der anderen Hand ziehe ich mir das T-Shirt hoch. Ich möchte mich noch mehr vor ihr entblößen, oder vor mir. Außerdem merke ich, dass ich bald kommen werde, und will meine Sachen nicht besudeln. Ich trage ein neues T-Shirt mit einem Aufdruck auf dem Bauch, einer glänzenden, blauen Apfelsine. Es steht mir nicht besonders gut, mein Gesicht ist zu blass für die Farbe, ich habe es mir selbst gekauft, sie kauft mir keine Sachen mehr. Sie legt die Hand auf meine Schulter, vielleicht will sie mir

Halt geben, eine letzte, liebevolle Berührung. Vielleicht will sie mir zeigen, dass ich nicht so allein bin, wie es mir noch gar nicht bewusst ist, sie weiß es selbst nicht genau, sie hört mich vor Erleichterung schreien. Sie sieht mich zusammenzucken, und ein konzentrierter Schwall von Körperflüssigkeit ergießt sich weiß und zäh über meine Hand, traurig und nutzlos rinnt sie über meinen knochigen Handrücken. Unmittelbar erscheint der Orgasmus wie eine chemische Reaktion. Aus der Entfernung sieht er klein und armselig aus, doch für den, der die Befriedigung erlebt, breitet er sich aus und ist erfüllend, für einige wenige Sekunden. Sie sieht zu, wie mein Gesicht in sich zusammenfällt. Mein Mund öffnet sich, meine Augen schließen sich, meine Hand sinkt kraftlos auf das Laken. Für einige wenige Sekunden liege ich da wie tot, dann wache ich auf und ziehe die Bettdecke an mich. Sie hilft mir dabei, mich zuzudecken. Sie kann sehen, wie ich mich darunter zusammenkrümme. Ich lege mir die Hände vor das Gesicht und beginne zu weinen – ein hohles, hoffnungsloses Schluchzen, es kommt aus meinem Innersten, meine Stimme klingt tiefer als sonst. Ich bin nicht der, den sie früher kannte, ich höre mich nicht einmal mehr an wie ein Mensch. Sie liegt hinter mir, ihre Hand ruht noch immer auf meiner Schulter. Sie erinnert sich selbst daran, dass es vorübergehen wird, alles miteinander. Es sind nur Gefühle. Durchaus starke Gefühle zwar, heftige und alles vernichtende und verwirrende Gefühle, für beide von uns, so stark, dass eine ganze Welt davon untergehen kann. Und dennoch werden sie früher oder später vorübergehen, ihre Gültigkeit verlieren und allmählich verblassen.

# KARL OVE KNAUSGÅRD

**Das große autobiographische Projekt in sechs Bänden.**

Band 1 **Sterben · 74519**

»Ein Roman über das männliche Ego unserer Zeit.«
*Stern*

Band 2 **Lieben · 74685**

»Die intensivste Leseerfahrung seit Jahren ... Da steht nämlich alles drin. Unser ganzer Patchworkwahnsinn. Und zugleich die reine Sehnsucht nach dem richtigen Leben. Erst harmlos reingeblättert, dann fünf Tage komplett im Buch verschwunden.«
*Alex Rühle, Süddeutsche Zeitung*

Band 3 **Spielen · 74932**

»Es erfordert Mut, ein gewisses Maß an Größenwahn und so etwas wie eine mystische Hingabe ans Schreiben, sich an ein so immenses und jeder Konvention spottendes literarisches Unternehmen zu wagen, wie er es getan hat ... Aus Stein gehauen, präzise und kraftvoll. Wirklicher als die Wirklichkeit.«
*La Repubblica*

Band 4 **Leben · 71306**

»In den autobiographischen Büchern des norwegischen Schriftstellers passiert nichts Spektakuläres – und doch verfallen ihm die Leser weltweit wie sonst nur Harry Potter.«
*Ijoma Mangold, ZEIT*

Band 5 **Träumen · 71526**

»Das autobiographische Bekenntniswerk dieses Norwegers hat inzwischen einen Triumphzug um die ganze Welt angetreten.«
*Volker Weidermann, Der Spiegel*

Band 6 **Kämpfen · 71748**

»Mehr als in den anderen Büchern fallen in ›Kämpfen‹ der Schreibprozess und die erzählte Zeit zusammen, erzählt dieser sechste Band von seiner eigenen Entstehung.«
*Gerrit Bartels, Der Tagesspiegel*